Collection
Jeunesse/Romans

FIERRO
...L'ÉTÉ DES
SECRETS

**Données de catalogage avant publication
(Canada)**

Julien, Viviane

Fierro ou l'été des secrets

(Collection Jeunesse/romans).
Pour les jeunes.

ISBN 2-89037-466-1

I. Titre. II. Titre: L'été des secrets. III.
Collection.

PS8569.U44F53 1989   jC843'.54   C89-096224-3
PS9569.U44F53 1989
PZ23.J84Fi 1989

Dépôt légal:
2e trimestre 1989
Bibliothèque nationale du Québec
ISBN: 2-89037-466-1

Montage
Andréa Joseph

Viviane Julien

FIERRO
...L'ÉTÉ DES SECRETS

Tiré du film du même nom

Écrit par
**Geneviève Lefebvre et
André Melançon**

Réalisé par
André Melançon

Photos
Jean Demers

ÉDITIONS QUÉBEC/AMÉRIQUE

425, rue Saint-Jean-Baptiste, Montréal, Québec H2Y 2Z7 (514) 393-1450

Dans la série
Contes pour tous

Viviane Julien
C'est pas parce qu'on est petit
qu'on peut pas être grand
Le Jeune Magicien
La Grenouille et la Baleine

Danyèle Patenaude et Roger Cantin
La Guerre des tuques

Bernadette Renaud
Bach et Bottine

Michael Rubbo
Les Aventuriers du timbre perdu
Opération beurre de pinottes

Du même auteur

C'est pas parce qu'on est petit qu'on peut pas être grand, roman, Éditions Québec/Amérique, 1987.

Le Jeune Magicien, roman, Éditions Québec/Amérique, 1987.

La Grenouille et la Baleine, roman, Éditions Québec/Amérique, 1988.

Prologue

Le soleil dardait ses rayons ardents sur la *pampa*. C'est ainsi que les Argentins nomment les vastes plaines de leur pays: la *pampa*.

Avant l'arrivée des Blancs, il n'y avait ni arbres ni chevaux en Argentine. Seulement de hautes herbes qui ondulaient dans la *pampa* à perte de vue. Puis, vers les années 1500, vinrent les *conquistadors* espagnols qui cherchaient le pays de l'or: l'*Eldorado*. Ils débarquèrent de leurs navires sur les rives du grand fleuve Parana avec leurs bagages, leurs troupeaux de bœufs et de chevaux et leur goût de l'or. Ils cherchèrent, creusèrent, fouillèrent, mais ils ne trouvèrent pas d'or, seulement les grandes herbes de la *pampa*. Ils repartirent donc vers leur pays, l'Espagne, mais en abandonnant toutefois leurs troupeaux de bœufs et de chevaux derrière eux.

Par contre, les chevaux, eux, trouvèrent en Argentine tout ce dont ils avaient besoin pour manger, boire, galoper et proliférer en toute liberté. Sans les contraintes des hommes blancs, ils retrouvèrent leur état sauvage ancestral et occupèrent avec délices les vastes espaces de la *pampa* argentine. Les Indiens les adoptèrent avec beaucoup de respect et les traitèrent comme des amis.

Bien sûr, un jour les hommes blancs revinrent et cette fois, ils s'installèrent pour de bon. Ils ne tardèrent pas, d'ailleurs, à s'apercevoir que ces immenses troupeaux de chevaux et de bœufs constituaient aussi une richesse qu'ils pouvaient s'approprier et faire fructifier.

Certains d'entre eux se construisirent des maisons dans *la pampa* et de très grands enclos pour contenir et élever les bêtes. C'est ainsi que naquirent les *estancias*, ces grandes fermes de l'Argentine qui s'apparentent un peu aux ranchs nord-américains.

C'est dans l'une de ces *estancias* que notre histoire commence par un beau matin de janvier. C'est le début des grandes vacances scolaires d'été. Eh oui! D'été, car en Argentine, les saisons sont à l'inverse des saisons en Europe ou en Amérique.

Chapitre 1

Enfin, les vacances!

Un jeune garçon de 12 ans, aux yeux noirs, aux cheveux noirs, au teint bronzé, galope en direction d'une harde de chevaux semi-sauvages. La plaine s'étend à perte de vue devant lui. Il est beau, dressé sur son cheval qu'il maîtrise avec douceur, fermeté et une grande habileté. Il porte une ample chemise grise ouverte sur sa poitrine, un pantalon de toile noir serré aux chevilles que l'on appelle des *bombachas* et des *alparagatas* aux pieds. Ce sont de confortables espadrilles de toile à semelles de corde, que tout le monde porte à la campagne, en Argentine.

C'est Martin. Il est né sur l'*estancia* que son père, Luis, gère pour le compte du propriétaire, le vieux Federico. Il y habite dans une jolie maison, près de celle de Federico, avec sa mère, sa petite sœur Damacia qui a cinq ans et le nouveau bébé qui a trois mois, à peine.

Comme chaque matin depuis quelques semaines déjà, Martin monte son cheval et part, à l'aube, à la rencontre d'une harde de chevaux sauvages qui vivent en liberté dans la *pampa*. C'est qu'il a repéré un jeune cheval magnifique qu'il a décidé d'apprivoiser. Et Dieu sait que les chevaux sauvages ne se laissent pas approcher facilement! Mais Martin est patient et il connaît les méthodes que les Indiens utilisaient jadis avec les chevaux sauvages. Ça fait des jours et des jours déjà qu'il le touche, qu'il lui parle avec douceur, qu'il flatte longuement son superbe pelage blond. Il est même parvenu à lui passer la *bocada*, une sorte de mors en coton qui ne blessera pas la gueule du jeune cheval.

Aujourd'hui, cependant, Martin

est resté moins longtemps que d'habitude avec son cheval sauvage. Il est rentré plus tôt à *l'estancia*. On dirait qu'il attend quelque chose, ou peut-être quelqu'un? Il semble impatient. À cheval, Martin avance lentement sur la route déserte. Il regarde au loin, il guette, il écoute. Soudain, il aperçoit un petit nuage de poussière que soulève une camionnette. Un large sourire éclaire son visage. Il lance son cheval à la rencontre de la camionnette. De la boîte arrière du véhicule, au milieu d'un amoncellement de bagages et d'objets hétéroclites, des mains s'agitent. Trois enfants accueillent Martin avec des cris joyeux. C'est Laura, qui a treize ans, Daniel, douze ans, et Felipe, qui a presque dix ans. Comme chaque année, ils viennent passer les vacances à *l'estancia* de grand-père Federico. Martin est ravi de revoir son ami Daniel. Non seulement ils sont nés le même jour, mais ils sont inséparables depuis toujours.

Son cheval est presque nez à nez avec la camionnette que conduit son père. Sur son élan, le cheval de Martin frôle le véhicule et le croise en trombe. Les cailloux roulent sous ses sabots alors que Martin lui fait faire une brusque volte-face pour revenir vers la camionnette.

— Salut, Martin! crie Daniel en brandissant le gros ballon de *pato* tout neuf qu'il vient de sortir d'un sac.

Martin rit. Il a compris. Tenant les guides de son cheval d'une main, il se prépare à attraper le ballon mais, l'espace d'un instant, la vue de Laura, debout en équilibre sur un vieux pneu, retient son attention. Il s'étonne. Comme elle a changé depuis l'été dernier! Il note la longue chevelure brune qui flotte au vent. Ce n'est presque plus la même Laura.

Mais le ballon arrive et Martin l'attrape de justesse. Les garçons s'échangent le ballon à quelques reprises, puis Martin éperonne son cheval en criant:

— Premier rendu!

Daniel a compris. Il tape frénétiquement dans la vitre pour avertir Luis d'aller plus vite. Luis sourit et fait un grand signe d'impuissance en désignant les ornières de la route. Il

faut dire que la camionnette n'est plus toute jeune et qu'elle a connu de bien meilleurs jours. Martin a déjà pris un peu d'avance sur la camionnette. Felipe crie à Daniel:

— On est trop lourd!

Daniel jette un rapide coup d'œil vers Martin qui prend de l'avance, puis soudain, il voit Felipe qui attrape une valise à ses pieds et la lance sur la route. Laura et Daniel se regardent un instant, interloqués, puis ils comprennent en même temps. Ils saisissent, à leur tour, tout ce qui est à

18

portée de la main: sacs, valises, pneus, et hop! ils catapultent tout le contenu de la camionnette sur la route. C'est le délire!

Luis jette un regard amusé dans son rétroviseur. Il rit aux éclats. Déchaîné, le petit Felipe enlève sa chemise et la lance par-dessus bord.

Loin devant, Martin se retourne et voit la route jonchée de valises ouvertes et de vêtements empoussiérés. Il s'esclaffe en levant deux doigts en signe de victoire. Oui, les vacances sont vraiment commencées!

La joyeuse bande n'est plus qu'à quelques minutes de l'*estancia*. Comme toutes les *estancias*, celle de Federico se dissimule derrière un gigantesque bosquet d'arbres. On dirait un îlot de verdure dans la *pampa* brûlée par le soleil. Puis, à mesure que la camionnette approche, la maison de Federico se dessine à travers les arbustes fleuris. C'est une grande bâtisse, d'un seul étage, à laquelle s'accrochent des lierres et des bougainvilliers, chargés de fleurs roses odorantes. Le toit plat est aménagé en terrasse d'où la vue sur le jardin est superbe. C'est le refuge favori de tante Anna. Elle y a installé sa chaise longue et sa petite table basse où elle dépose son livre de lecture et son grand verre de jus frais. Mais aujourd'hui, elle ne lit pas. Elle trompe son impatience en arrosant les plantes fleuries qui ornent la terrasse. Elle surveille la route.

Tante Anna est une belle vieille dame aux cheveux gris argentés. Ses yeux bleus, brillants comme des étoiles, éclairent son visage doux et serein. Elle aime la ferme familiale où elle vit depuis presque toujours avec son frère Federico. Elle aime ce pays, cette plaine et les saisons qui marquent le passage du temps. Mais ce sont les étés qu'elle préfère, parce qu'ils lui ramènent la joyeuse présence des enfants de son neveu, le fils de son frère Federico.

Aujourd'hui, elle est un peu nerveuse. Elle les attend. Et justement, le bruit du moteur parvient jusqu'à elle. Luis vient de s'engager dans la magnifique allée de platanes centenaires. Elle lève la tête et rit en voyant une chaussure de Felipe qui vole dans les airs. Elle s'engage vite dans le petit escalier en colimaçon qui descend au jardin.

Sur son cheval hors d'haleine, Martin attend devant la maison. La camionnette s'est arrêtée dans un crissement de pneus. Il sourit à son ami Daniel.

Aussi blond que Martin est noir, Daniel a les mêmes yeux bleus lumineux que tante Anna. Il est vif, intense, plein d'énergie et d'enthousiasme. Il appelle Martin:

— Viens plus près! Viens plus près!

Aussitôt, Martin colle son cheval contre la camionnette et Daniel saute sur la selle derrière lui. Laura descend plus posément et sourit en regardant les cabrioles du cheval qui porte les deux cavaliers. Elle court vers tante Anna qui descend la dernière marche de l'escalier.

— Tante Anna! dit Laura en embrassant la vieille dame, qui la serre dans ses bras.

Mais aussitôt tante Anna s'éloigne de Laura et la regarde, étonnée. Elle s'exclame:

— C'est pas possible!

— Quoi? demande Laura, légère-

ment surprise par le ton de sa grand-tante.

La vieille dame examine Laura de la tête aux pieds en secouant la tête.

– C'est pas possible, comme tu as grandi! C'est incroyable. Presque une jeune fille déjà, ajoute-t-elle en caressant la longue chevelure brune de Laura.

Mais un cri strident leur fait toutes deux tourner la tête vers la camionnette. Grimpé sur le toit, l'espiègle Felipe se frappe la poitrine à grands coups, en hurlant comme Tarzan.

– Ahahah! On est arrivé! s'époumone Felipe.

Le tintamarre a alerté Federico, qui est aussitôt sorti de la maison. Il tend la main à Daniel, toujours à cheval derrière Martin.

– Bonjour, grand-père! dit Daniel.

– Daniel! Je suis content de te voir. Comment ça va?

– Très bien, comme tu vois, répond Daniel en adressant un sourire complice à Martin.

Mais «Tarzan» est impatient. Il sautille sur le toit de la camionnette en appelant son grand-père à grands cris. Federico lui tend les bras.

– Un, deux, trois!

Il s'élance vers Federico qui l'attrape et le serre dans ses bras.

– Ouf! Ce que tu peux être lourd, dit-il en riant. Tu pèses une tonne!

Il dépose Felipe par terre et s'aperçoit soudain qu'il n'est vêtu que d'une culotte courte.

– Et ta chemise? Tes chaussures? Qu'est-ce que tu en as fait?

– Ben, j'ai fait ce que j'ai pu pour alléger la pauvre vieille camionnette, explique candidement Felipe.

Manifestement, Federico ne comprend pas très bien ce que le petit raconte. Mais la voix de Laura l'interrompt. Il se retourne et l'aperçoit qui court vers lui.

Sa robe légère danse autour d'elle. Sa longue chevelure flotte sur ses épaules, alors qu'elle semble s'envoler, les bras tendus vers Federico. Pendant un moment, il est paralysé, sa vue s'embrouille. L'image de la fillette se transforme devant ses yeux, le ramène trente ans en arrière, fait resurgir en lui un vieux souvenir profondément enfoui au creux de sa mémoire. Sur les traits de Laura vient se superposer, l'espace d'un instant, le visage d'une jeune femme depuis longtemps disparue.

Il revient brutalement à la réalité lorsque Laura lui saute dans les bras.

— Grand-père! J'avais tellement hâte de te revoir!

Federico sent les bras de la fillette autour de son cou. D'instinct, il se dégage et recule un peu brusquement. Surprise, Laura se raccroche à lui pour ne pas tomber.

— Bonjour, Laura, murmure Federico dont les yeux n'arrivent pas à se détacher du visage de la fillette.

Il secoue la tête comme pour se débarrasser de cette soudaine vision. Laura a vaguement perçu le trouble de son grand-père, mais elle ne sait pas à quoi l'attribuer. Elle le prend par le bras et marche avec lui vers Daniel et Martin. Elle sourit à Martin qui, sans trop savoir pourquoi, rougit légèrement. Elle rit en entendant tante Anna qui embrasse Felipe:

— Et comment il va, mon petit pigeon, hein? demande tante Anna.

Felipe roucoule, puis il s'échappe des bras de sa vieille tante et part en courant sur la route. Federico se retourne:

— Felipe, où vas-tu?

Sans cesser de courir, Felipe lance:

— Ben, chercher mes affaires!

Devant l'air interdit de Federico, tout le monde éclate de rire. L'atmosphère se détend.

Chapitre 2

... Que tout reste comme maintenant...

Joyeusement, les enfants reprennent possession des lieux. Ils retrouvent leurs chambres qui donnent sur une jolie tonnelle recouverte de chèvrefeuille. Il y fait frais et bon. Ils défont leurs bagages, sortent leurs vêtements de vacances et s'installent pour l'été.

De sa chambre, Laura sourit en entendant Damacia qui trottine comme une petite souris. Elle chantonne une comptine:

–... Une poule, qui a pondu un œuf

de trois couleurs, est de si bonne humeur qu'elle caquette dans la rue. «C'est moi la poule qui a pondu un œuf de trois couleurs...»

Elle s'arrête à la chambre des garçons, passe la tête dans l'embrasure de la porte et les observe en silence.

Daniel est assis sur son lit et enlève ses chaussures de ville tout en faisant un compte rendu de son année scolaire à Martin.

— Tu sais, c'est moi qui ai marqué le plus de buts de ma classe au polo. Et puis, premier en anglais, premier en math...

Et vlan! Une chaussure s'envole vers un coin de la chambre. Felipe suit la chaussure du regard et grogne:

— Premier en désordre, aussi!

Martin rit et prend l'album de bandes dessinées que lui tend Felipe.

— Tu l'as lu? demande Felipe.

Martin fait signe que non.

— C'est le dernier *Mafalda*! Super!

Daniel continue son discours comme si rien ne l'avait interrompu.

— Mais en dessin, là alors, j'ai échoué...

Felipe a ouvert le tiroir du bas d'une commode. Il se penche et range soigneusement une pile de vête-ments. Sans prêter attention à Felipe, Daniel tire le tiroir du haut et y lance son chandail. Felipe se relève au même moment et se cogne durement la tête sous le tiroir.

— Ouch! s'exclame Felipe. Fais attention!

L'espace d'un instant, Daniel se tourne vers son frère et lui lance dis-traitement un «désolé, mon vieux» tout en sortant un trophée de la valise.

— Coupe junior de polo... J'étais capitaine de l'équipe, dit-il fièrement en tendant la coupe à Martin.

Felipe retourne à son lit en se frot-tant la tête. Il s'apprête à sermonner Daniel, lorsqu'il aperçoit le petit visage de Damacia encadré dans la porte.

— Eh, allô! toi.

Damacia sourit, puis regarde Da-niel. Tout en continuant à fouiller dans ses affaires, il l'appelle doucement:

— Damacia!... Damacia!...

La fillette se cache aussitôt der-rière la porte et Daniel éclate de rire:

— Elle est drôle, ta sœur...

Martin sourit.

– Ma mère a eu son bébé, tu sais...

– Ah oui? Un petit gars?

– Non, une fille. Elle s'appelle Rose et elle a presque trois mois, annonce fièrement Martin.

Daniel roule son pantalon en boule et le jette dans le tiroir ouvert. La petite Damacia s'est approchée de nouveau et ne quitte pas Daniel des yeux. Il a sorti des *bombachas* d'une armoire et les enfile. C'est la parfaite tenue pour monter à cheval, Daniel ne la quittera pas de l'été.

Felipe a interrompu son rangement. Il sort de la chambre et caresse la tête de Damacia, qui était restée cachée près de la porte.

– M'embrasses-tu? demande-t-il.

La petite lui donne un baiser sur la joue et le suit timidement, deux pas derrière. Daniel s'arrête un instant, les regarde partir tous les deux et sourit. Puis il se tourne vers Martin qui lui sourit à son tour.

– Je suis content que tu sois là, dit Martin.

– Moi aussi, répond Daniel, visiblement aussi heureux que Martin.

Il entend les pas des deux petits qui s'éloignent en courant sous la tonnelle. Felipe entre en coup de vent dans la chambre de Laura.

– Je ne trouve pas mon sac rouge! Tu l'as vu?

Il l'aperçoit au même moment sur le lit, parmi les valises de sa sœur. Laura a cessé son rangement à l'arrivée des deux petits.

– Bonjour, Damacia, dit-elle en lui caressant la joue. Tu es mignonne comme tout. Attends, j'ai quelque chose pour toi.

Elle sort de sa valise deux poupées «Barbie» qu'elle tend à la petite: un garçon et une fille. Les yeux de Damacia s'illuminent. Felipe lui donne une petite tape sur la joue.

– Tu es contente? dit-il en ressortant aussitôt avec son sac rouge.

Laura a sorti un vieux pantalon d'une commode et elle s'apprête à le mettre. Mais soudain, elle se ravise et le tient devant elle. Puis elle éclate de rire en l'enfilant.

– Tu vois ça, Damacia?

La petite à ses trousses, Laura entre dans la chambre des garçons,

vêtue du pantalon et riant toujours
aux éclats:

— Regardez ça, les garçons! Ce
pantalon était presque trop grand
l'été dernier.

Non seulement les boutons n'attachent plus à la taille, mais les
jambes du pantalon lui arrivent à
peine au bas du mollet. C'est l'hilarité
générale. Oui, en effet, Laura a beaucoup grandi depuis un an...

*　　*　　*

L'agitation de cette première journée s'est calmée, peu à peu. Le soir
est venu, apaisant, apportant avec lui
une douce fraîcheur et un ciel merveilleusement constellé d'étoiles. Les
enfants ont fait le tour de la maison,
du jardin, de l'écurie. Ils ont noté tous
les petits changements depuis l'été
dernier et maintenant, ils sont assis
sur la pelouse devant la maison. Ils
causent tranquillement, tout à la joie
d'être ensemble. Felipe n'a pas mis de
temps à se trouver un nouveau com-
pagnon; en effet, un adorable chiot
noir et blanc gambade à ses pieds.

Felipe le caresse avec un évident plaisir. Tout à coup, Felipe le prend et le dépose dans un grand chapeau de *gaucho*. Il a l'air d'une petite balle de laine dans le grand panier à tricot de tante Anna. On voit à peine son museau mouillé et un petit bout de queue qui dépassent. Felipe rigole.

— Où est-ce que tu l'as trouvé? demande Laura.

— Dans l'écurie, dit Felipe. Il y en a deux autres, mais ils n'ont pas voulu se laisser approcher.

—Et sa mère t'a laissé le prendre? demande Martin, un peu surpris.

Felipe est offusqué, il proteste:

— Je ne l'ai pas pris! C'est lui qui m'a suivi!

Connaissant son frère, Daniel en doute un peu. Il fait la moue.

— Ouais...

Felipe est carrément insulté.

— C'est vrai, je t'assure!

Laura l'apaise en souriant:

— Oui, oui, Felipe...

Satisfait, Felipe rattrape son chiot qui vient de sauter du chapeau et le lui installe sur la tête.

Les enfants rient. Martin a sorti le

jeu d'osselets et l'installe sous la lanterne qui éclaire le patio. Il passe les osselets à Laura.

— C'est à toi, commence.

Laura joue un tour, puis elle passe à Daniel les petits os d'ivoire qui luisent sous les rayons de la lune. Mais les émotions de la journée ont ralenti l'enthousiasme de Daniel. Il n'a pas très envie de jouer. Il s'est renversé sur le sol, les mains derrière la tête, et il regarde le ciel qui est particulièrement lumineux ce soir.

— Pourquoi on ne voit presque jamais la lune à la ville? dit-il. Ici, elle rend la nuit presque aussi claire que le jour.

Martin lève les yeux à son tour et s'exclame:

— Oh! T'as vu l'étoile filante?

Laura et Felipe ont suivi le regard de Martin. Aussitôt, Felipe redresse la tête de son chiot pour qu'il puisse voir l'étoile lui aussi. Comme pour répondre au désir secret des enfants, une autre étoile traverse le ciel, laissant derrière elle une superbe traînée lumineuse. Il s'exclame:

— Regardez, une autre!

Les enfants sont éblouis. Ils retiennent leur souffle. Silencieusement, ils font un vœu.

Daniel demande à Martin:

– Quel vœu tu as fait?

– On n'est pas censé le dire, proteste Laura, si on veut qu'il se réalise.

– Oh, c'est pas grave, dit Martin, c'est seulement un jeu. Vas-y, Daniel, dis le tien le premier.

Appuyé dans l'ombre au cadre de la porte, grand-père Federico observe discrètement les enfants. Il regarde tour à tour la frimousse espiègle de Felipe, puis les grands yeux clairs de Daniel. Il sourit. Puis, son regard glisse vers Laura. Imperceptiblement, son visage s'assombrit. Encore une fois, la vieille douleur depuis longtemps refoulée au plus profond de son cœur semble remonter à la surface. Il est parcouru d'un frisson, comme si l'air frais du soir pénétrait son vieux corps. La voix de Daniel le ramène à la réalité.

– Oh moi, mon vœu, il est pas compliqué: je voudrais ne plus jamais retourner à l'école... et passer toute ma vie ici!

Le vœu de Daniel fait sourire Federico. Il est heureux. Lui aussi, il aimerait que son petit-fils reste auprès de lui. Il regarde Felipe vers qui les autres se sont tournés.

— Et toi, Felipe? demande Martin.

Felipe caresse son chiot, l'air rêveur.

— Moi, je voudrais le ramener à la maison.

— Tu ne peux pas, tu le sais bien, dit Daniel, papa ne voudra pas.

— Ça ne fait rien, s'entête Felipe. J'ai fait ce vœu-là quand même.

Il soulève la petite boule laineuse au bout de ses bras.

— Et toi, t'as fait un vœu?

Il regarde son chiot dans les yeux pendant une seconde puis, satisfait, il annonce à la ronde:

— Il a fait le même vœu que moi.

Federico ne peut s'empêcher de rire.

— Bonne chance, marmonne Daniel. Et toi, Laura? demande-t-il en se tournant vers sa sœur.

Laura n'a même pas semblé entendre la conversation des garçons. Elle rêve. Elle hésite un moment avant de répondre.

— Moi, je voudrais partir avec les gens que j'aime et faire le tour du monde.

Federico s'est raidi. Il regarde Laura un moment, presque avec hostilité. Laura n'a rien vu. Elle demande à Martin:

— Et toi, Martin?

Martin se tait un instant, envahi d'une pudeur soudaine.

— Je voudrais... Je ne sais pas... Je voudrais... que les choses ne changent pas, que tout reste comme maintenant.

Il sourit à Laura, puis lui lance les osselets, comme pour lui faire oublier ses paroles. Le silence plane un moment, et c'est finalement la voix de tante Anna qui vient interrompre les rêveries de cette première soirée de vacances.

— Au lit, les enfants, il est tard, dit-elle en prenant Felipe par la main.

Ils se lèvent sans se faire prier, embrassent grand-père et regagnent leurs chambres en emportant leurs rêves...

Chapitre 3

La course à obstacles

Le lendemain, alors que le jour se lève à peine, tout le monde dort encore dans la maison de la famille de Martin, même bébé Rose.

Tout le monde, sauf Martin. Un faible rayon de soleil dépose une petite tache claire sur un mur de sa chambre, juste à côté de la photo que Martin y a placée. C'est Daniel et lui: ils brandissent fièrement un minuscule poisson pris au bout d'une ligne à pêche. Ils rient tous les deux, et Martin sourit en se remémorant ce souvenir de l'été dernier.

Il se lève enfin et enfile sans bruit ses vêtements. Il traverse silencieusement la cuisine déserte et sort dans le jardin.

Dans la lumière bleutée de l'aube, Martin s'arrête un moment. Il écoute les premiers chants des oiseaux qui s'éveillent aussi, toujours avant les hommes d'ailleurs. Il touche délicatement du doigt une goutte de rosée qui perle sur un pétale de rose.

Martin est un doux, un tendre. Il n'y a qu'à regarder ses grands yeux noirs, profonds et veloutés, pour s'en convaincre. C'est un amoureux de la nature et des animaux mais surtout, et par-dessus tout, des chevaux.

Martin a sellé son cheval et il chevauche lentement dans la plaine, savourant chaque instant de la fraîcheur matinale. Il aperçoit bientôt le troupeau de chevaux qui broute au loin. Le *ruano* est là. Martin s'approche. Ce matin, pour la première fois, il veut ramener le cheval dans le corral du domaine. C'est dans ce vaste enclos qu'en Argentine on parque les chevaux sauvages pour les dresser.

Martin s'approche lentement du cheval pour ne pas l'effrayer. Il le pousse devant lui jusqu'au corral, réussit à l'y faire entrer, puis referme soigneusement la barrière. Il lui parle, le flatte, le rassure. Il lui passe la bride sur la tête; le *ruano* se laisse faire sans trop protester. Il avance la selle jusque sur le dos du cheval qui, cette fois, se rebelle. Martin l'enlève, prend son temps. Il le caresse, lui parle doucement:

— Ne t'inquiète pas, c'est juste pour t'habituer. Je ne vais pas te monter aujourd'hui... Viens, on va marcher un peu. Allez, viens.

Martin promène lentement le cheval dans le corral. Il le flatte, lui donne un morceau de pomme, lui parle sans arrêt. Puis il lui glisse de nouveau la selle sur le dos. Cette fois, le cheval se laisse faire. Martin est content.

— Bravo, tu as compris, dit Martin. Ça suffit pour aujourd'hui, tu peux aller courir!

Martin n'a pas sitôt ouvert la barrière que le cheval reprend sa liberté et galope vers la plaine. Martin le regarde courir un moment, puis monte son cheval et prend le sentier vers la maison.

Il sourit en apercevant Laura qui vient à sa rencontre, fièrement dressée sur son cheval noir. Elle porte un petit sac à dos et elle mord avec appétit dans une grosse tartine tout en conduisant habilement son cheval d'une main. Martin s'approche d'elle.

— Déjà? dit-il.

Laura rit en voyant Martin qui réprime un bâillement.

— Et toi, tu aurais dû rester couché, on dirait! Où est-ce que tu vas?

— Ben je rentrais... Et toi?

Laura hausse les épaules.

— Comme d'habitude, dit-elle en prenant une autre bouchée de tartine.

Les yeux de Martin suivent une grosse goutte de confiture aux fraises qui dégouline sur le poignet de Laura.

— Je crois que ça a coulé, dit-il.

Laura lèche son poignet en riant. Il la regarde, un peu intimidé, puis il ajoute pour cacher son trouble:

— Damacia est vraiment contente de te revoir, tu sais.

Laura sourit:

— Bon, alors j'y vais, dit-elle en remettant son cheval au pas. Au revoir.

— Au revoir.

Il fait quelques pas puis s'arrête et revient vers Laura.

— Ah oui, Laura, fais attention. J'ai brûlé un nid de guêpes hier aux ruines, il en reste peut-être....

— Merci, dit Laura en prenant une nouvelle bouchée de tartine. À plus tard.

Martin s'éloigne sans s'apercevoir que Laura le regarde pendant un long moment avant de poursuivre sa route.

* * *

Dans sa chambre, Daniel est debout lui aussi. Il enfile ses vêtements sans bruit pour ne pas réveiller Felipe, qui dort encore à poings fermés. Sans même prendre son petit déjeuner, il va chez Martin. Il a hâte de le retrouver, d'organiser la journée. C'est Manuela, la mère de Martin, qu'il aperçoit en entrant dans le jardin. Elle est assise sur un banc, à l'ombre d'un grand platane, et elle donne le sein à bébé Rose. Daniel s'arrête un instant, intimidé, hésitant, ne sachant trop s'il doit avancer ou repartir. Mais Damacia l'a aperçu. C'est le petit «Bonjour» qu'elle lui lance de sa voix cristalline qui décide pour lui. Il n'a plus le choix. Manuela a levé la tête et l'accueille avec un sourire.

– Bonjour, Daniel.

– Bonjour, Manuela, dit Daniel en s'avançant vers elle. Martin est là?

– Oh, il ne va pas tarder. Viens t'asseoir un instant, dit-elle en désignant le banc à côté d'elle.

Daniel est réticent. Pour gagner du temps, il s'approche de Damacia qui s'amuse avec ses poupées «Barbie».

– Bonjour, Damacia, dit-il en lui tirant gentiment une natte.

Il montre la poupée-garçon.

– Quel nom tu lui as donné à celui-là? demande-t-il.

– Daniel! chuchote la petite en devenant rouge comme une pivoine.

Daniel éclate de rire. Il lui caresse la joue et s'avance vers Manuela, qui donne toujours le sein à son bébé. Il s'installe à côté d'elle sur le banc et regarde avec curiosité les petits doigts minuscules de bébé Rose qui s'agrippent au sein de sa mère.

— Alors, comment ça s'est passé cette année? demande Manuela. Raconte.

— Bien, dit Daniel sans quitter le bébé des yeux.

— Et à l'école?

Manuela lève les yeux vers Daniel et note son embarras avec une pointe d'amusement. Une fine sueur perle au front de Daniel.

— Tu as soif? Tu veux boire quelque chose? demande Manuela en retirant le bébé et en refermant sa blouse.

— Ah oui, d'accord, dit Daniel en s'épongeant le front avec sa manche de chemise. Il fait chaud!

Manuela sourit.

— Je vais te chercher un jus. Tiens, prends-la comme ça, dit-elle en déposant le bébé sur les genoux de Daniel.

Le bébé bouge et gémit un peu dans les bras de Daniel, qui se sent plutôt gauche. Il n'a pas l'habitude de Martin avec les bébés. La petite ouvre les yeux et gazouille. Il lui sourit.

— T'es belle, dit-il en touchant sa main minuscule.

D'instinct, bébé Rose a refermé sa main sur le doigt de Daniel et le retient fermement. Trop absorbé, il n'a pas entendu Martin arriver derrière lui. Il tente vainement de dégager son doigt du petit poing serré.

Martin sourit, attendri et amusé par la maladresse de son ami. Il s'approche de Daniel qui redresse la tête, l'air un peu confus de s'être fait prendre en défaut. Il montre gauchement son doigt emprisonné.

— Elle ne veut pas me lâcher...

— Attends, dit Martin en allant prendre une sucette dans le couffin suspendu aux branches d'un arbre.

— Tiens, bébé, dit-il en plantant la sucette dans la petite bouche de Rose.

Il prend la petite dans ses bras alors que Manuela arrive avec de grands verres de jus et des tartines. La mère et le fils échangent un sourire complice. Ils s'entendent bien, ces deux-là.

Daniel avale son jus à la hâte.

— On y va? dit-il à Martin.

— Oui, j'arrive, répond Martin en plaçant délicatement bébé Rose dans son couffin.

Les deux garçons partent à la course vers le grand parc derrière l'écurie. Leur plan de la journée est tout tracé...

* * *

Après le départ de Martin, Laura a continué sa route. Elle sait où elle va... Aux ruines. «Comme d'habitude», a-t-elle dit à Martin. C'est son lieu privilégié à elle, même si Federico lui en a interdit l'accès. Elle aime ces vieux murs noircis, ces vieux pans de toiture à moitié effondrés qui, en tombant, ont formé, ici et là, de drôles de petits abris qui lui sont autant de refuges.

Elle aime traverser le boisé, puis déboucher dans la clairière où, jadis, cette maison a dû être très belle. Elle imagine tous les mystères que cachent ces murs depuis longtemps abandonnés. Personne n'y vient plus, sauf Laura. Depuis des années, elle en a fait son domaine, son petit coin caché où elle vient rêver.

Laura a attaché son cheval à un arbre, puis elle a déposé son sac à dos près d'un muret. Elle fait lentement le tour de «sa» maison, comme pour reprendre possession des lieux. Elle s'arrête et s'agenouille près d'un vieux coffre de métal rouillé qui a dû, un jour, servir de boîte à outils. Maintenant, il lui sert de cachette.

Elle en sort des livres, un canif, une vieille couverture, une photo de son grand-père qu'elle va piquer sur un mur avec une épingle, une boîte renfermant mille et un petits trésors,

puis un miroir qui lui renvoie son image. Elle efface du doigt une trace de confiture restée collée au coin de sa bouche. Elle sourit, puis esquisse quelques pas de danse dans les herbes folles qui ont envahi son domaine. Laura se met au travail. Elle sort un sécateur de son sac à dos et entreprend de remettre les lieux en état. Elle est heureuse, elle a deux précieux mois de vacances devant elle.

*   *   *

Pendant ce temps, les garçons s'activent eux aussi. Ils aménagent le terrain où ils pratiqueront leur activité favorite: les courses à obstacles. Mais d'abord, il faut choisir l'arbre de l'arbitre. C'est très important, car il doit avoir une excellente vue sur le terrain pour suivre l'évolution des coureurs. Felipe, l'arbitre désigné, donne ses directives avec enthousiasme.

— Celui-là, dit-il en pointant un gros arbre en bordure du terrain. Il a une branche parfaite pour bâtir une plate-forme. On peut y installer ma chaise et je pourrai tout voir.

Felipe est enchanté d'être l'arbitre et il prend son rôle très au sérieux. D'ailleurs, même s'il adore monter à cheval, il ne pourrait pas se mesurer à des experts comme Daniel et Martin. Il se sent vraiment plus en sécurité juché sur sa branche.

— Tu as raison, dit Daniel, il est parfait ton arbre.

Felipe n'a pas attendu l'assentiment de Daniel pour grimper à son arbre, armé de son chronomètre. Il s'installe confortablement et examine le terrain pendant que les garçons disposent les obstacles. D'abord, un cerceau accroché à une branche, à travers lequel il faudra passer le ballon de *pato*. Pas n'importe quel ballon. Il est très spécial le ballon de *pato* des Argentins. C'est forcé, puisque c'est un jeu de ballon qui se joue à cheval. Au départ, c'est un gros ballon rond très ordinaire, mais autour du ballon sont attachés deux cerceaux croisés qui dépassent d'une quinzaine de centimètres et que les joueurs attrapent du haut de leurs chevaux. Il est comme ça:

Mais revenons aux obstacles que
Martin et Daniel sont en train d'installer. Le cerceau, puis l'étape slalom.
Ils plantent une dizaine de pieux en
ligne droite, à une distance de sept
mètres les uns des autres, et à travers lesquels le cavalier devra zigza-
guer. Un peu plus loin, ils accrochent
à une branche deux ballons ordinaires,
distants de deux mètres l'un de l'autre
et qu'ils devront frapper des deux
mains à toute vitesse. Vient ensuite
le saut. De belles bottes de foin feront
l'affaire pour ce cinquième obstacle.

49

À quelques mètres plus loin, le cavalier devra retirer une lance du sol et la projeter à travers un autre anneau attaché à une autre branche. Enfin, le cavalier devra galoper vers l'arbre de Felipe et frapper un grand coup sur le gros chaudron de métal suspendu sous le maître chronométreur. C'est lui qui aura l'honneur d'annoncer le temps du coureur.

Ça y est, tout est prêt. Daniel et Martin ont mis une bonne demi-heure à tout préparer. Felipe a dû s'ennuyer juché sur sa branche... Pensez-vous! Le fin renard, il avait tout prévu: son chiot lui tient compagnie. Et seulement avec l'effort qu'il a mis à le faire tenir tranquille, Felipe n'a pas eu le temps de s'ennuyer.

Il jette un coup d'œil en bas: montés sur leurs chevaux, les deux cavaliers sont prêts.

— À vos marques, concurrents. Attention. Prêts? Partez!

— Vas-y le premier, dit Daniel à Martin.

Sérieux comme un arbitre doit l'être, Felipe se concentre, chronomètre en main. Il actionne celui-ci. Martin lance aussitôt sa monture. Il galope vers le ballon de pato déposé sur le sol et l'attrape d'un geste habile, mille fois pratiqué. Il se redresse, fait tournoyer le ballon au-dessus de sa tête, s'approche, puis le lance à travers le cerceau. Assis sur son cheval, Daniel ne l'a pas quitté des yeux un instant. Felipe hurle:

— C'est beau, Martin!

Martin atteint les pieux du slalom. Maniant sa monture avec dextérité, il zigzague à toute vitesse entre les poteaux.

Assis sur sa plate-forme, les pieds repliés sous lui comme un Hindou, Felipe suit la course de Martin à travers ses jumelles, qu'il tient de la main droite tout en serrant son chiot sous son bras gauche. Pas facile avec le chiot qui commence à se tortiller!

Martin fonce maintenant sur les deux ballons suspendus à une branche. Il est parfaitement aligné sur le centre. Le museau de son cheval est à la hauteur des ballons. Martin lâche ses guides, ouvre les bras et frappe avec force les deux ballons qui volent dans les airs en tournoyant.

Puis c'est l'obstacle suivant: les bottes de foin. Bien dirigé, le cheval de Martin exécute un saut parfait.

Daniel suit attentivement l'évolution de Martin, pendant que Felipe continue de crier:

— Hourra, Martin!

Concentré sur sa course, Martin n'entend rien, si ce n'est le vent qui siffle à ses oreilles. À moitié couché sur son cheval, il attrape la lance plantée dans le sol et la projette à travers l'anneau. Quelques secondes encore et il frappe du poing le gros chaudron qui résonne comme un carillon.

Tout le monde hurle. Felipe bloque son chronomètre. Solennel, il annonce:

— Une minute cinquante neuf!

De nouveau, Felipe règle son chronomètre.

— À vos marques, concurrents. Attention. Prêts? Partez!

Daniel lance aussitôt son cheval et affronte, l'un après l'autre, tous les obstacles que Martin vient de vaincre. Felipe annonce le temps:

— Une minute cinquante trois.

— Bravo! hurle Daniel en levant le bras.

Il n'est pas peu fier de lui. Il a battu Martin!

Laura, qui a fini de mettre de l'ordre dans «sa» maison, arrive juste au moment où Daniel crie son succès.

— Qui gagne? demande-t-elle.

— C'est Daniel qui a fait le meilleur temps, annonce Felipe.

Martin regarde Laura du coin de l'œil.

— De toute façon, quand c'est le frère qui juge...

Felipe proteste, indigné:

— Quoi? Fais attention, d'ici, je suis plus grand que toi.

Daniel rit.

— Mauvais perdant! dit-il à Martin.

Laura s'est tournée vers son frère. Elle fronce les sourcils.

— C'est toi qui dis ça? fait-elle, moqueuse.

— D'abord, toi, tu vas faire la course au complet, proteste Daniel. Ensuite, tu pourras parler!

Laura hausse les épaules et tourne sa monture vers la maison.

— Je ne voudrais pas vous faire honte, réplique-t-elle en s'éloignant.

— Tu vois! lance Daniel en regardant Martin d'un air entendu.

Chapitre 4

Daniel découvre Fierro

Sécateur à la main, tante Anna est en train de tailler ses rosiers lorsque Laura arrive dans le jardin. Elle y est depuis un bon moment d'ailleurs. Elle a déjà eu le temps de désherber une longue bordure de fleurs, puis d'arroser ses plantes sur la terrasse du toit. Tante Anna est heureuse dans son jardin, au milieu de ses fleurs. Elle sourit tendrement à Laura, qui s'est approchée d'elle. Si elle a noté que sa petite nièce a l'air préoccupée, elle n'en a rien laissé paraître. Elle continue son travail. Laura s'est assise sur la balançoire suspendue depuis toujours sous le vieux chêne. Elle se berce doucement et observe Anna. Soudain, elle interpelle sa grand-tante.

— Tante Anna?

Anna lève les yeux vers Laura.

— Oui, ma Laura, dit-elle.

— Vous vous entendiez bien, grand-père et toi, quand vous étiez plus jeunes?

Anna sourit:

— On s'entendait comme un frère et une sœur... Comme Daniel et toi, j'imagine.

Laura esquisse une petite moue qui fait rire tante Anna.

— Vous faisiez beaucoup de choses ensemble?

— Pas beaucoup, nous étions très différents.

— Est-ce que vous vous parliez souvent?

Anna dépose une autre branche coupée dans sa brouette et se tourne vers Laura. Elle la regarde un long moment.

— Parfois, mais c'était surtout moi qui parlais, comme tu t'en doutes, répond Anna en riant. Pourquoi tu me demandes ça, Laura?

Laura hausse les épaules.

– Oh, comme ça...

Anna s'est approchée d'elle et lui tend une gerbe de roses. Elle aperçoit les mains noircies de Laura.

– Tu es allée aux ruines! dit-elle d'un ton réprobateur. Tu sais pourtant qu'il l'a défendu.

– Comment veux-tu qu'il sache? demande Laura.

– Tu joues avec le feu, dit Anna.

Laura réfléchit un moment, puis demande:

– Tante Anna, tu as déjà eu envie d'aller vivre ailleurs?

La question prend Anna par surprise; elle hésite un moment.

– Oui... bien sûr.

– Pourquoi tu ne l'as pas fait? demande Laura.

– Je n'en sais rien, répond Anna. Les choses n'ont pas tourné comme je l'aurais voulu.

Puis elle coupe court à la conversation en ajoutant quelques roses au bouquet que tient Laura.

– Tiens, porte tout ça à la maison

avant qu'elles aient trop chaud...
Allez, va.

Laura la regarde sans bouger, comme si elle voulait ajouter quelque chose. Mais Anna a déjà repris son travail et Laura s'éloigne lentement vers la cuisine.

* * *

Dans le pré, la course à obstacles est terminée. Les trois garçons sont montés chacun sur leur cheval, celui de Felipe beaucoup plus bas sur pattes que les autres, et ils chevauchent dans la plaine. Ils discutent de leur prochaine course avec vivacité et des nouveaux obstacles qu'ils inventeront.

Ils arrivent enfin à la petite rivière sinueuse qui traverse le domaine de grand-père. C'est Felipe qui, le premier, aperçoit Federico au loin. Avec l'aide de Luis et de trois autres employés de la ferme, il s'affaire à réparer un petit pont sur la rivière. Felipe se met aussitôt à trottiner vers la rive.

— Allô, grand-papa!

Federico lui tend les bras et le descend de son cheval. Felipe n'a pas aussitôt mis pied à terre qu'il fait voler ses chaussures et barbote pieds nus dans la rivière. Il aperçoit une jolie libellule aux ailes translucides qui plane bas sur l'eau. Il tente désespérément de l'attaper. Il gesticule, saute d'un pied sur l'autre, tend la main mais en vain. Il sort de l'eau et vient rejoindre Federico, qui cause avec les deux garçons.

— Et alors, demande Federico, tu l'as eue?

Déçu et frustré, Felipe hausse les épaules:

— Ils cognent bien trop fort, répond-il en pointant du doigt les hommes qui travaillent sur le pont de bois. Avec le bruit qu'ils font, ça lui a fait peur!

Federico rit. Soudain, Martin pousse Daniel du coude en désignant la harde de chevaux qui s'approchent pour boire à la rivière, une dizaine de mètres plus loin.

— Regarde! dit Martin.

Les chevaux sont magnifiques, en effet. Il y en a des noirs, des blonds, des alezans, des tachetés et des *ruanos*, cette belle couleur blond-roux du cheval sauvage de Martin. Certains ont une longue crinière qui leur tombe sur le cou, ce sont les chevaux sauvages. Les crinières de ceux qui sont dressés ont été rasées pour les distinguer des autres.

Daniel et Martin se sont approchés à quelques mètres des chevaux. Quelques-uns sont entrés dans l'eau jusqu'à mi-cuisses, d'autres broutent sur la berge. Daniel avance encore de quelques pas. Soudain, son regard est attiré par le cheval *ruano* que Martin a commencé à dresser. Le cheval tourne la tête vers les garçons. Martin s'exclame, une note de fierté dans la voix:

— Il est beau, hein?

Daniel a les yeux rivés sur le cheval. Il est fasciné, presque hypnotisé. Il murmure:

— Je n'ai jamais vu un cheval aussi beau...

Il avance d'un pas dans l'eau et tend la main vers le cheval. Ses yeux brillent.

— Je le veux! s'exclame-t-il.

Martin a pâli. Tout le sang semble

s'être retiré de son visage. Il a les yeux fixés sur le cheval.

— Daniel... murmure-t-il.

Tout à son enthousiasme, Daniel n'entend pas. Il répète:

— Oui, c'est celui-là que je veux... Il est absolument superbe, dit-il en se tournant vers Martin.

Il n'a pas noté le trouble de son ami. Il agite le bras en direction de Federico.

— Grand-père!

Federico se tourne vers Daniel qui lui montre le *ruano* en l'interrogeant du regard. Federico a compris. Il sourit, fier de son petit-fils.

— Si tu arrives à le dresser, il est à toi, Daniel.

Un immense sourire éclaire le visage de Daniel.

— Merci, grand-père!

Puis Daniel demande aussitôt:

— Martin peut en choisir un, lui aussi?

Federico sourit.

— Vous ne faites jamais rien l'un sans l'autre, hein? D'accord, ça va. Le premier qui a dressé son cheval a gagné.

Daniel fait un clin d'œil enthousiaste à Martin, sans s'apercevoir que ce dernier n'a ni acquiescé ni réagi. Il s'avance aussitôt de quelques pas, en tendant la main vers «son» cheval. Martin n'a toujours pas bougé. Ses yeux vont de Daniel au cheval. Il respire à peine.

Le silence s'est fait. Tous les regards sont fixés sur Daniel. Même les hommes ont arrêté leur travail.

Daniel avance doucement. Le cheval a cessé de boire. Il tourne la tête vers Daniel, mais ne bronche pas. Il ne semble pas du tout nerveux à l'approche du garçon. Daniel fait un autre pas. Il est maintenant dans l'eau jusqu'à mi-cuisses.

Martin observe la scène. Il est tendu, tourmenté. Pourquoi ne dit-il pas à Daniel que ce cheval est le sien? Qu'il a commencé à l'apprivoiser depuis des semaines déjà?

Daniel s'approche encore de quelques pas vers le cheval qui reste immobile. Il exulte. Il se tourne vers Federico et lève le pouce en signe de victoire. Confiant, il fait un autre pas vers le cheval. Il est sûr de lui. Il est

maintenant tout proche. Très doucement, il lève la main vers la tête du
cheval, mais au moment où il va le
toucher, le *ruano* fait un brusque
écart qui prend Daniel par surprise. Il
recule, glisse et tombe de tout son
long dans l'eau boueuse. Felipe et
quelques hommes rient aux éclats.
Daniel se relève, humilié, furieux. Il
lance un regard noir au cheval qui n'a
pas bougé et semble le narguer.

— Attends, je vais te dresser, tu
vas voir! Et dans un mois, je te monterai!

Pendant quelques secondes, le
cheval reste là, à fixer Daniel, puis
lentement, il se retourne et rejoint le
troupeau. Daniel revient vers Federico, un peu confus. Il est heureux
que le cheval lui appartienne, s'il
réussit à le dresser bien sûr, ce dont il
ne doute pas. Mais il est dépité,
aussi, d'avoir manqué sa première
approche de façon aussi spectacu-
laire.

— Je vais l'avoir, dit-il à Federico.
Avant la fin de l'été, je vais l'avoir.

Federico sourit. Il n'en doute pas
une seconde lui non plus. Il connaît la

détermination de son petit-fils et il en est fier.

Daniel s'est tourné vers Martin qui vient lentement vers lui. Pour la première fois, il remarque la mine atterrée de son ami. Bien sûr, Daniel ne peut pas comprendre ce qui se passe dans le cœur de Martin. D'ailleurs, même Martin ne se retrouve plus très bien dans ses sentiments. Tout s'est déroulé trop vite. Il n'a pas eu le temps de réfléchir, ni de réagir. Maintenant, il est trop tard. Comment peut-il annoncer à Daniel qu'il lui a pris «son» cheval? Martin sait bien que les chevaux appartiennent au grand-père de Daniel, pas à lui.

Daniel tente de réconforter son ami:

— Ne t'en fais pas, dit-il. Tu me connais, je l'aurai!

Martin a un petit sourire forcé. Il marmonne:

— Ouais, je sais...

*   *   *

Le soir est tombé et les enfants ont regagné la maison. Daniel a déjà oublié sa mésaventure. Il déborde d'enthousiasme. Il est sûr du succès qu'il remportera demain, ou le jour d'après, ou le jour suivant. Qu'importe, il a tout l'été devant lui!

En attendant que tante Anna les appelle pour le repas du soir, les trois enfants sont assis sur la terrasse. Daniel a une décision très importante à prendre. Comment va-t-il nommer son cheval?

— Étoile... dit-il.

Pas très convaincu, Felipe fait la moue.

— Ou Champion, peut-être, continue Daniel.

— Vaillant! déclare Felipe en levant ses deux poings.

— Non, dit Daniel, il lui faut un nom qui frappe... un nom qui exprime bien qu'il n'est pas comme les autres...

Daniel réfléchit. Il murmure comme s'il se parlait à lui même:

— Je vais lui apprendre à jouer au *pato*. Et au polo aussi. L'as-tu vu courir? demande-t-il à Felipe sur un ton émerveillé.

— Je l'ai! lance Felipe. Éclair!

— Non, dit Daniel en secouant la tête, c'est trop commun.

Laura qui, jusque-là, n'avait pas participé à la conversation, semble se réveiller tout à coup.

– C'est un mâle? demande-t-elle.

– Bien sûr, dit Daniel, un peu surpris par la question.

– Appelle-le Centaure, dit Laura.

Daniel hausse les épaules. Visiblement, il ne sait pas qu'un centaure est un personnage mythologique, moitié homme, moitié cheval. Et il n'a pas l'intention de l'avouer non plus. Il se remet à chercher.

Soudain, les yeux bleus de Daniel s'illuminent.

– Oui, c'est ça, dit-il, Fierro! C'est un nom qui lui va parfaitement. Je n'ai jamais vu un cheval aussi fier!

Laura échange un sourire avec Felipe. Elle a bien envie de demander si c'est au cheval ou à Daniel que le nom convient le mieux, mais elle se contente d'approuver avec un petit rire.

– Oui, oui, tu as raison...

Chapitre 5

Martin fait ses adieux à Fierro

Dans la maison blanche au bout du jardin, Martin aussi est perdu dans ses pensées, mais une tout autre sorte de pensées. Contrairement à son habitude, il est triste, taciturne. Il aide machinalement Damacia à mettre la table pendant que sa mère s'affaire à la préparation du souper. Damacia sautille autour de la table en chantonnant à mi-voix pour ne pas déranger son père qui, assis dans la grande berceuse, essaie d'endormir bébé Rose.

— Le couteau à gauche, là, là, là...

non, la fourchette à gauche, le couteau à droite.

Elle change de place et recommence sa comptine, une fois, deux fois. Martin la suit avec une pile d'assiettes. Il s'exclame, impatient:

– Arrête, avec ça!

Damacia s'immobilise un instant, interloquée. La mère de Martin lui jette un regard surpris, interrogateur. Ça ne lui ressemble pas de s'emporter comme ça. Martin lève brièvement les yeux vers elle, pose la dernière assiette, puis sort de la maison sans dire un mot.

Imperturbable, Damacia reprend sa chanson:

– La fourchette à gauche... le couteau à droite.

Martin marche sans but sous le ciel étoilé. Il est maintenant près de l'écurie. Il entend le hennissement d'un cheval qui lui fait dresser l'oreille. Il entre, selle le sien, puis se dirige lentement vers la plaine. De loin, il voit la lumière qui brille aux fenêtres de la salle à manger de Federico...

*   *   *

En effet, c'est l'heure du repas aussi chez Federico. Ils sont tous assis autour de la grande table. Anna a posé la belle soupière de porcelaine bleue devant elle. Une à une, elle remplit les assiettes de potage fumant et les passe à Laura qui fait le service. Fascinés, Daniel et Felipe écoutent les souvenirs de chevaux de grand-père.

— Comment il était, ton premier cheval? demande Daniel.

— Sa robe était noire et il avait une étoile blanche sur le front, dit Federico. Il faisait partie d'un troupeau que mon grand-père avait acheté cet été-là.

Il prend l'assiette que lui tend Laura, la remercie distraitement, sans la regarder, puis continue:

— C'était un cheval magnifique.

— Et toi, tu avais quel âge à ce moment-là? demande Daniel.

— J'avais ton âge, dit Federico. C'était la première fois que je dressais un cheval.

Federico se tait un moment, perdu dans ses souvenirs. Il sourit.

— Je n'avais pas choisi le plus facile, moi non plus, tu sais. Il avait du tempérament.

Daniel l'écoute, rassuré à l'idée que grand-père a eu de la difficulté à dompter son premier cheval.

Laura suit la conversation en silence. Soudain, elle se tourne vers Federico et demande:

— Et toi, tu étais comment?

C'est tante Anna qui répond en éclatant de rire:

— Exactement comme son cheval!

Laura rit et Federico jette un regard mi-amusé mi-réprobateur vers sa sœur.

— Tu l'avais appelé comment? demande Daniel.

— Vulcano.

— C'est bizarre comme nom, s'exclame Felipe, la bouche pleine.

— C'est comme Vulcain, le dieu du feu, explique Laura en regardant Federico.

Il se tourne vers elle. L'espace d'un moment, une lueur étrange traverse son regard. Une ombre d'inquiétude passe sur le visage d'Anna qui les observe.

— Oui, c'est ça, dit-il en détournant les yeux.

Tout à sa passion, Daniel n'a pas

noté la brève hésitation de grand-père. Il poursuit son idée fixe.

— Est-ce qu'il avait peur de toi, au début?

— Non, il n'avait peur de personne... même pas de moi, dit-il en levant les yeux brièvement vers Anna.

Federico prend une autre bouchée, puis ajoute:

— À partir du moment où j'ai réussi à le monter, on est devenus les meilleurs amis du monde.

Le visage de Daniel s'épanouit. Il pense à lui et à Fierro.

— Tu l'as gardé longtemps? demande-t-il.

— Seulement un an, dit grand-père.

Daniel est consterné, comme s'il venait d'apprendre une très mauvaise nouvelle.

— Qu'est-ce qui lui est arrivé? demande Laura.

— Un accident, répond Federico un peu sèchement. On a été obligés de l'abattre.

Le lourd silence s'installe pendant de longues secondes. Federico boit lentement le café qu'Anna vient de lui servir.

— Je peux avoir un autre morceau de tarte? demande Felipe en tendant son assiette à tante Anna... Le mien était plus petit que celui des autres, ajoute-t-il d'un air espiègle.

Tout le monde éclate de rire.

— Tiens, mange vite, dit Anna en lui coupant une grosse pointe de tarte. Dépêche-toi, c'est bientôt l'heure d'aller dormir...

*   *   *

Le doux soleil de l'aube frappe la fenêtre de Martin. Il ouvre les yeux, regarde un instant le coin de ciel bleu, puis se tourne contre le mur. Il referme aussitôt les yeux comme pour effacer le souvenir d'une nuit remplie de mauvais rêves. Puis d'un bond, il se lève, enfile ses *bombachas* et sort de la maison sans bruit.

Monté sur son cheval, il s'éloigne au trot vers la plaine. Il repère le *ruano* presque aussitôt et galope vers lui. Il descend, attache sa monture et marche lentement vers le cheval sauvage qui semble l'attendre.

Martin lui passe les bras autour

du cou. Il le caresse, le cajole, appuie sa joue sur la poitrine du cheval qui se laisse faire sans bouger. Martin passe sa main dans la longue crinière blanche... cette crinière qui sera rasée, si Daniel réussit à le dompter.

L'évocation de Daniel lui fait monter les larmes aux yeux. La main de Martin s'attarde un instant sur le cou du cheval, puis il se détourne aussitôt comme s'il ne voulait pas montrer son émotion.

Il grimpe sur sa monture et fait demi-tour.

— Adieu, murmure-t-il, en jetant un dernier coup d'œil au jeune étalon qui hennit doucement.

Martin a le cœur gros. Des pensées, jusque-là inconnues, s'entrechoquent dans sa tête. Comment peut-il en vouloir à Daniel de lui avoir pris «son» cheval? Celui-ci ne lui appartient pas et pourtant il en veut à son ami, au point de se demander s'il lui conserve encore son amitié. Martin est atterré. L'idée qu'il pourrait retirer son amitié à Daniel le bouleverse profondément. Il rentre lentement à l'écurie.

* * *

Il est en train d'étendre les tapis de selles des chevaux sur la clôture qui entoure le corral lorsque Daniel arrive en courant. Il est frais et dispos. Il a manifestement bien dormi. Il aborde Martin d'un ton enjoué:

— Salut, Martin, on y va? Tu sais, je vais l'appeler Fierro.

Martin continue son travail sans regarder Daniel.

— Je n'ai pas fini de sortir les...

Daniel l'interrompt:

— C'est pas grave... Je t'aiderai quand on reviendra.

Il n'est même pas venu à l'esprit de Daniel qu'il n'a pas dit à Martin où ils allaient... C'est tellement clair pour lui. Martin le sait très bien lui aussi d'ailleurs. Il reste planté sur place, hésitant.

Daniel insiste, pousse son ami du coude.

— Viens, dépêche, j'ai hâte de le revoir. Et toi, il va falloir que tu choisisses le tien.

Il sourit en montrant ses poches gonflées de morceaux de sucre.

— Avec ça, dit-il en frappant sur ses poches, je suis sûr que ça va aller vite.

Il marche déjà vers l'écurie pour seller son cheval. Martin hésite un moment, puis le suit lentement sans rien dire.

*   *   *

Pendant que les deux garçons galopent dans la *pampa* à la recherche du cheval sauvage, tante

Anna vaque à ses besognes habi-
tuelles.

Elle est à la buanderie qui est si-
tuée à l'arrière de la maison dans une
petite cabane. C'est un beau matin
comme elle les aime, calme, frais,
alors que le soleil d'été n'a pas encore
tout enveloppé de ses ardents rayons.
Sur une longue corde tendue entre
deux arbres, elle pose le linge à sécher. D'une radio s'échappe un air de
Mozart qu'Anna fredonne en même
temps. Ses gestes sont lents, posés,
paisibles, comme elle l'est elle-même.

Une vieille dame avec un jeune cœur.

Un bruit léger lui fait tourner la tête. Elle aperçoit Laura qui vient vers elle, les cheveux mouillés, et tenant son peigne à la main. Elle lui sourit, chaleureuse.

— Je ne t'avais pas entendue venir. Tiens, assieds-toi, dit-elle en dégageant une chaise encombrée de linge.

La vieille dame et la jeune fille échangent un sourire dans lequel se lisent la tendresse, la confiance, la compréhension, la complicité que seul le grand écart d'âge peut expliquer peut-être. Les grandes personnes qui ont vécu longtemps et qui se sont réconciliées avec les petits et les grands problèmes de la vie ont sans doute trouvé la paix qui ouvre leur cœur au enfants, qui sait? En tout cas, Laura se sent bien avec tante Anna.

Elle lui tend son peigne et avec des gestes très doux, Anna commence à démêler la longue chevelure mouillée de Laura, qui se laisse faire comme un chaton qu'on caresse.

— J'aime ça quand c'est toi qui me peignes, dit Laura en fermant les yeux.

Le soleil chauffe doucement son visage. Anna sourit. Elle aime ce moment d'intimité avec sa petite-nièce qu'elle retrouve chaque été depuis la plus tendre enfance de cette dernière. Laura est un peu pour elle l'enfant qu'elle n'a jamais eu et sa petite-fille, tout à la fois.

— Ils sont longs mes cheveux, hein? dit Laura.

Anna hoche la tête.

— Je n'en reviens pas encore comme tu as changé depuis l'été dernier. Tu es encore plus belle qu'avant.

Laura tourne la tête vers elle.

— J'ai vieilli, tu veux dire...

Elle hésite un moment, puis ajoute:

— J'ai eu mes premières règles...

— Ah, il me semblait bien aussi, dit Anna.

— Papa dit que je ressemble de plus en plus à grand-mère.

Anna s'arrête un moment de peigner les longs cheveux de Laura. Cette remarque vient de lui rappeler une foule de souvenirs.

— Pourtant, dit-elle, ton père ne l'a pas beaucoup connue.

— Il s'en souvient quand même,

78

proteste Laura. Et toi, est-ce que tu te souviens d'elle?

— Oui, bien sûr, dit Anna en recommençant à démêler les cheveux de Laura.

Laura est songeuse.

— J'imagine que grand-père ne l'a pas oubliée, lui non plus, mais pourtant, il n'en parle jamais.

Une ombre passe sur le visage d'Anna. Elle se tait un moment, puis elle dit doucement:

— Peut-être qu'il vaut mieux ne pas en parler... Tu sais, il y a des chagrins qui durent longtemps.

Le silence s'installe un moment entre la vieille dame et la petite fille, chacune perdue dans ses pensées. Puis Anna demande:

— Je te fais une natte, aujourd'hui?

— Oui, s'il te plaît, répond Laura machinalement.

Puis, poursuivant le fil de ses réflexions, elle ajoute:

— J'aurais bien aimé la connaître...

— C'est peut-être mieux comme ça, dit tante Anna soudainement.

Laura ne comprend pas. Elle lève la tête vers tante Anna qui regrette peut-être d'avoir parlé un peu trop vite. Elle tente d'expliquer:

— Tu sais, on se fait des images, parfois. Mais les images, ça ne correspond pas toujours à la réalité...

Elle s'arrête. La natte de Laura est terminée.

— Voilà, dit-elle en riant. Ça y est, c'est fini.

Laura se lève et regarde la vieille dame avec tendresse.

— Merci, tante Anna.

Elles sont heureuses d'être là ensemble. Laura prend un grand drap et va l'étendre sur la corde au soleil. Elle rit.

*   *   *

Les garçons, eux, chevauchent toujours ensemble dans la plaine. Daniel est impatient, Martin, silencieux. C'est lui qui le premier aperçoit la harde au loin, mais il ne dit rien. Il jette un coup d'œil à Daniel. Ils font encore quelques pas, puis Daniel repère les chevaux à son tour. Il bondit sur sa selle.

— Ils sont là-bas, regarde! Vois-tu le *ruano*?

— Non, répond Martin un peu sèchement.

— T'en as choisi un? Lequel tu
veux? demande Daniel.

— Je ne sais pas, répond Martin
d'une voix hésitante.

Si Daniel n'avait pas été aussi em-
porté par son propre enthousiasme, il
aurait pu sentir le profond malaise de
son ami Martin. S'il s'était arrêté une
seconde, il aurait pu voir que Martin
était malheureux et peut-être aurait-il
essayé de comprendre. Mais son intense désir de posséder et surtout de
dresser le magnifique *ruano* lui fait
perdre un peu le sens de la réalité.
Daniel ne voit pas qu'il est en train de
mettre en danger sa longue amitié
avec Martin. Il est même exaspéré du
manque d'enthousiasme de Martin
qui traîne derrière lui. Il se retourne
sur son cheval et crie de nouveau:

— Viens, dépêche-toi!

Martin a rejoint Daniel. Les deux
garçons descendent de cheval et sans
plus réfléchir, Daniel confie les guides
du sien à Martin. Il s'approche du *rua -
no*, qui s'est un peu détaché des autres.

— Tu me reconnais, hein? dit Daniel en tendant la main.

Impassible, le cheval laisse approcher Daniel, mais il fait un brusque écart au moment où le jeune garçon va le toucher. Nullement démonté, Daniel fait un clin d'œil à Martin qui observe la scène à distance.

— Attends, tu vas voir!

Il sort un morceau de sucre de sa poche et le tend au cheval, qui s'approche pour manger.

— Tu vois? dit-il, triomphant.

Il sort un autre morceau de sucre, puis un autre, et encore un autre. Martin est tendu, inquiet.

— Tu ne devrais pas lui en donner autant, c'est mauvais pour lui.

— Ouais, fait Daniel en continuant d'offrir du sucre au cheval.

Martin n'en peut plus.

— Daniel, arrête! Tu vas le rendre malade.

Daniel se retourne, surpris. Il n'est pas habitué à ce que Martin lui parle sur ce ton. Il ne comprend pas et ne cherche pas à comprendre. Il est contrarié, il proteste un peu brusquement:

— Écoute, Martin, c'est MON cheval!

Martin se tait. Ses yeux se sont embués, il détourne le regard.

Abruptement, Daniel met fin à sa première séance de dressage. Il est satisfait, mais un peu perturbé quand même par le manque d'enthousiasme de Martin. Les deux garçons reviennent lentement, en silence.

Chapitre 6

Le *facon*

Le lourd soleil argentin a mis tout le monde au ralenti en cette fin d'après-midi. Tante Anna lit sur sa terrasse. Même Felipe a cessé de courir et joue tranquillement avec son chiot, allongé dans le grand hamac, à l'ombre sous la tonnelle. Laura s'est réfugiée dans le bureau de grand-père. Les fenêtres sont tendues de lourds rideaux qui en gardent la fraîcheur. C'est sa pièce préférée. Depuis qu'elle est toute petite, elle aime venir s'asseoir dans le gros sofa douillet, pendant que grand-père travaille.

Aujourd'hui, elle est seule. Elle regarde tous les objets qui l'entourent comme pour bien les fixer dans sa mémoire. Les vieilles photos de famille accrochées aux murs, la collection de *facones* de grand-père, ces vieux couteaux traditionnels dont se servent les *gauchos* qui, comme les cow-boys de l'Ouest américain, gardent les troupeaux dans les vastes plaines. Son regard s'arrête sur l'imposante bibliothèque de Federico dont les rayonnages garnissent tout un mur. Elle adore examiner tous ces livres bien ordonnés que grand-père traite avec le plus grand soin, et qu'il lui prête depuis qu'elle est petite en les choisissant minutieusement.

Elle pense à Federico, à sa conversation du matin avec tante Anna. Les pensées de Laura sont confuses. Est-ce elle qui a vraiment changé ou est-ce l'attitude de grand-père à son égard? Et si oui, pourquoi? Jusqu'à cet été, Laura avait toujours suivi Federico et partagé les activités des garçons. Cette année, quelque chose est différent, elle ne retrouve plus ses anciens jeux, ses anciens gestes à l'*estancia* de grand-père.

Elle se lève et va lentement vers le gros fauteuil derrière le bureau de Federico. Elle caresse du doigt le bois brun bien astiqué. Elle respire l'odeur du cuir qui lui est si familière, soulève le lourd coupe-papier en argent. Son regard revient vers la bibliothèque.

Elle se lève et va choisir un livre sur le rayonnage juste au moment où Federico entre dans la pièce. Elle lui sourit.

— Bonjour, grand-père, dit Laura, heureuse de sa présence.

Il lui répond par un mince sourire et s'installe derrière son bureau. Sans dire un mot, il commence à ouvrir son courrier. Laura le regarde un moment, puis s'approche de lui.

— Je peux t'aider?

— Non, merci.

Laura n'insiste pas. Elle hésite un moment, puis demande en lui montrant le livre qu'elle vient de prendre.

— Est-ce que je peux le regarder?

Federico lève les yeux et examine la couverture. C'est un recueil de nouvelles du plus grand écrivain argentin, Luis Borges.

— Je ne sais pas si tu vas aimer ça, dit-il en hésitant. Mais prends-le si tu veux.

Il se replonge aussitôt dans ses papiers. Laura se dirige vers la porte, s'arrête un moment, puis revient sur ses pas. Elle s'installe silencieusement dans le gros sofa en face du bureau de Federico. Il lève les yeux vers Laura, qui s'empresse de le rassurer.

— Je ne te dérangerai pas, dit-elle très vite en ouvrant son livre.

Elle s'absorbe aussitôt dans sa lecture. Federico reprend son travail. De temps à autre, elle lève les yeux et croise son regard. Elle a le vague sentiment qu'il se dérobe, comme s'il était mal à l'aise. Elle ne comprend pas. Elle le regarde un long moment, remplie d'admiration et de tendresse. Federico est troublé par ce regard de Laura, puis agacé. Il pose son crayon, lève les yeux vers elle et soupire:

— S'il te plaît, Laura, j'aimerais mieux travailler seul.

Elle est un peu surprise. Peinée, aussi. Elle se lève à contrecœur.

— Bon, si tu veux, dit-elle en se dirigeant vers la porte.

Elle vient à peine de sortir lorsque Federico la rappelle:

– Laura!

La jeune fille revient vers lui, pleine d'espoir. Peut-être a-t-il changé d'avis?

– Ferme la porte, veux-tu? demande-t-il.

Elle est triste et déçue.

– Tu veux que je t'apporte quelque chose à boire? demande-t-elle avant de se résigner à fermer la porte.

– Non... merci, dit grand-père sans quitter ses papiers des yeux.

Laura serre son livre contre elle et se dirige vers sa chambre, songeuse, décontenancée, un peu inquiète.

*   *   *

Laura s'installe sur son lit, le livre grand ouvert sur ses genoux. Mais les petits caractères noirs s'embrouillent devant ses yeux. Elle n'arrive pas à lire. Soudain, elle se lève, va prendre son cheval et part lentement en direction du boisé, vers les ruines interdites, SES ruines.

Elle est là depuis un bon moment lorsqu'elle entend des branches qui craquent sous les sabots d'un cheval. Laura se recule dans un coin, elle ne veut pas être dérangée. Soudain, une petite voix claire l'appelle:

— Laura!

Elle sourit malgré elle. C'est Felipe. Elle sort de sa cachette et vient à sa rencontre.

— Tu m'as suivie! dit-elle sur un ton mi-réprobateur mi-amusé.

— Pas vraiment, claironne Felipe en sautant de son petit cheval bas sur pattes.

— D'où sors-tu? demande Laura en riant. Tu es tout barbouillé!

— Ben, je suis passé par la rivière, dit Felipe.

— Ouais, plutôt dans la boue, dit Laura en riant.

Felipe s'essuie la joue:

— C'est pas grave... Je peux rester avec toi?

— Si tu veux, dit Laura, soulagée malgré elle par la présence du turbulent Felipe.

Elle le regarde escalader un mur et s'y percher à cheval. Pour Felipe, tout devient un cheval: une chaise, une branche, un mur en ruine. Il s'est

déjà transformé en valeureux cheva-
lier. Il crie:

— Laura, elles sont vraies les aven-
tures de Robinson Crusoé?

Laura rit.

— Elles sont vraies dans l'histoire,
mais c'est juste une histoire.

Felipe n'est pas convaincu.

— Moi, quand je serai grand, j'aurai
plein d'idées et j'écrirai des livres.

— Ah oui? Comme quoi, par exemple?

— Comme *Les mousquetaires de
la pampa*!

Il saute du muret et file à l'intérieur des ruines. Laura le suit. Soudain, il s'arrête net et se tourne vers
sa sœur.

— Laura, pourquoi grand-père ne
veut pas qu'on vienne jouer ici?

Laura est surprise par la question
brusque de Felipe. Elle le regarde un
moment, puis baisse les yeux. Elle
hausse les épaules:

— Je ne sais pas...

Felipe grimpe sur une pierre et
s'élance vers une branche comme un
jeune singe.

— C'est pas dangereux ici, pourtant...

Laura ne peut pas s'empêcher de rire. Un vrai clown celui-là!

*   *   *

Les acrobaties de Felipe ont détendu Laura. Elle revient à la ferme en accordant le pas de son cheval à celui de Felipe, qui bavarde sans arrêt. Tout à coup, il lance son cheval au galop. Il vient d'apercevoir Daniel, un lasso à la main, dans le pré des vaches.

Assis sur la clôture, Martin regarde distraitement Daniel qui fait tourner son lasso. Deux autres garçons sont avec lui.

— On compte sur vous, hein? dit l'un d'eux à Martin.

— Oui, oui, ça marche dit Martin avec une certaine indifférence.

Mais Daniel, lui, est très enthousiaste.

— Tu peux être sûr, crie-t-il au garçon qui s'éloigne avec son copain en faisant de grands signes de la main.

— Qu'est-ce qu'ils voulaient? demande Felipe qui vient d'arriver près de la clôture.

— Il y a une partie de *pato* dimanche, au village, dit Martin.

— Ah bon, dit Felipe indifférent.

— As-tu beaucoup joué cette année? demande Daniel à Martin.

— Oui, pas mal... répond Martin.

Daniel fait une mine faussement inquiète, persuadé qu'il est d'être un as au *pato*.

— Il va falloir que je m'entraîne, dit-il en faisant un clin d'œil à Martin, qui sourit.

— Qu'est-ce que tu fais? demande Felipe en montrant le lasso.

Daniel désigne du menton un petit veau qui est allé se réfugier derrière sa mère.

— Je m'entraîne, explique Daniel.

Le front de Martin se rembrunit. Il n'a pas besoin de lasso, lui, pour dresser un cheval...

Il sourit malgré lui en voyant Felipe qui a sauté dans l'enclos et gambade comme un veau en poussant des cris perçants.

— Essaye donc de m'attraper! crie-t-il à Daniel.

Laura a observé toute la scène sans dire un mot. Elle sourit à Martin avant de s'éloigner vers la maison.

92

*   *   *

Les activités de la journée ont fait place à la douceur du soir. Le calme règne dans la grande maison.

Laura s'est retirée dans sa chambre et Daniel vient d'entrer en sifflotant dans la chambre qu'il partage avec Felipe.

Felipe est déjà au lit, absorbé par la lecture de son éternel *Mafalda*. Il jette un bref regard vers Daniel, avec le petit sourire en coin de celui qui sait quelque chose. Daniel ne l'a même pas noté, d'ailleurs. Il continue de siffloter en défaisant son lit. Mais soudain, il s'arrête net. Là, au beau milieu de son lit sous les couvertures, brille un magnifique *facon,* ce précieux couteau qui consacre le vrai *gaucho.* Daniel exulte. Il sort en courant de sa chambre.

Il sait bien d'où vient le *facon.* Il va directement chez son grand-père. Il frappe doucement à la porte et, sans attendre la réponse, il entre dans la chambre de Federico en tenant le couteau comme un trophée.

Federico est dans son lit, lui aussi, en pleine lecture. Il ne lit pas un *Mafalda*, bien sûr...

— Merci, grand-père, s'exclame Daniel.

Federico l'attendait. Il sourit avec chaleur et invite Daniel à venir s'asseoir près de lui.

— Ça faisait longtemps que tu le voulais, non? dit Federico.

— Oui, répond Daniel en regardant son grand-père d'un air intrigué. Mais comment tu le savais?

Federico rit.

— Disons que ce n'était pas trop difficile à deviner.

Daniel rougit légèrement. Jamais il n'aurait osé faire une telle demande à son grand-père.

— C'est ton père qui te l'a donné? demande Daniel.

— Non, pas celui-là. Je l'ai trouvé dans une boutique d'antiquités quand j'étudiais à l'université.

— Et à qui il était avant? demande Daniel.

Federico hausse les épaules.

— Je ne sais pas... J'ai toujours imaginé un tas d'histoires à son sujet mais...

— Peut-être à un bandit, ou à un héros, l'interrompt Daniel en examinant le couteau sous tous ses angles.

— Qui sait? Peut-être bien, dit grand-père en riant.

— C'est un très beau cadeau, dit Daniel, merci beaucoup.

Federico est ému devant son petit-fils qui devient un homme. Il voudrait bien le serrer dans ses bras, mais il n'ose pas. Il se contente de poser sa main sur l'épaule de Daniel.

— Tu es le seul à qui je pouvais l'offrir. Dresser un cheval pour la première fois, c'est un événement très important, tu sais.

Spontanément, Daniel prend la grosse main rugueuse de Federico dans les siennes et la serre très fort. Il est ému de la confiance que lui témoigne son grand-père. Mais une pointe d'angoisse l'étreint lorsqu'il baisse les yeux et remarque, pour la première fois, les taches de vieillesse qui sont apparues sur la main de Federico.

Federico aussi est ému, mais il n'est pas homme à le montrer. Il retire sa main et s'exclame:

— Allez, mon garçon, au lit maintenant. Dors bien.

— Oui, dit Daniel en s'éloignant, toi aussi, dors bien.

Rêveur, quelque peu effrayé par le grand défi qui l'attend, Daniel entre dans sa chambre.

Felipe s'est endormi, son livre de *Mafalda* grand ouvert sur sa poitrine...

Chapitre 7

Laura et Felipe découvrent un secret

Dans la maison de Martin, tout le monde dort aussi, sauf Martin. La nuit s'étire encore, mais le jour n'est pas loin. Assis dans la berceuse de la cuisine, Martin berce doucement la petite Rose qui sommeille, bien douillettement lovée au creux de ses bras.

Comme si elle avait senti la présence de Martin, sa mère s'éveille. Elle entre sans bruit dans la cuisine. Martin tourne la tête vers elle et chuchote:

— Elle s'est réveillée. Comme tu dormais, je n'ai pas voulu te déranger.

Sa mère sourit en lui passant doucement la main dans les cheveux.

— Et toi? demande-t-elle, tout bas.

— Je ne dormais pas, répond Martin en détournant le regard.

Mais Manuela a perçu la tristesse qu'il tente de lui cacher. Même si elle ne peut pas nécessairement les expliquer, elle perçoit toujours les sentiments de son grand fils. Ils sont si près l'un de l'autre.

Elle a approché une chaise et s'installe sans bruit à côté de lui. Ils regardent tous les deux la petite Rose qui dort d'un bon sommeil calme, profond, comme seuls savent le faire les tout-petits qu'aucun souci ne trouble.

— C'est comme... comme si elle ne se doutait de rien, murmure Martin.

Sa mère lève les yeux vers lui. Elle sait que quelque chose, ou plutôt que quelqu'un trouble les pensées de son fils. Elle attend, patiente, réceptive.

— Maman... commence Martin, puis il se tait, hésitant.

Avec tendresse, elle lui prend la main et la serre doucement. Comme dans un grand livre ouvert, elle lit dans les yeux de Martin qui sont légèrement embués de larmes.

— C'est à cause de Daniel? demande-t-elle à mi-voix.

Martin hésite. Ce n'est jamais facile de confier un chagrin, même à quelqu'un qu'on aime. Ce n'est pas facile d'avouer que, quelque part en soi, il y a de gros morceaux de faiblesse qu'on aimerait mieux ne pas voir et surtout ne pas laisser voir. Mais Martin a la grande chance d'avoir près de lui quelqu'un qui sait l'écouter, le comprendre. Il se sent en confiance. Tout bas, sans lever la tête, il finit par avouer:

— Oui... mais, ç'est moi aussi. C'est nous deux... Des fois, on dirait que je l'aime beaucoup, mais d'autres fois, je ne peux pas le voir.

Sa voix s'étrangle, ses yeux se brouillent. Il regarde sa mère avec espoir.

— Tu comprends, hein, maman?

Martin l'espère, en effet, parce que lui, il ne comprend pas. Comment comprendre, en effet, qu'on peut à la fois aimer et détester quelqu'un? Ça semble si impossible, et pourtant... Peut-être que ce qu'on déteste chez quelqu'un qu'on aime, c'est qu'il puisse nous causer des peines, des chagrins et qu'il ne s'en aperçoive même pas. Peut-être qu'on déteste toute cette partie cachée chez la personne qu'on aime et qui en fait un étranger qu'on ne comprend pas. Peut-être que l'on déteste le chagrin et que l'on confond le chagrin avec la personne... Peut-être, peut-être... mais Martin ne sait pas et il est tourmenté!

Sa mère lui serre doucement la main.

– Oui, Martin, je comprends.

Ils se regardent et échangent un sourire plein de tendresse.

La lueur rose du soleil qui se lève glisse sur leurs visages. Ils regardent ensemble la petite qui dort toujours.

*   *   *

Martin ne sait pas que, seul dans la lumière matinale de la *pampa*, Daniel est à la recherche de Fierro.

Daniel s'est réveillé tôt. Il est impatient. Il sent sur ses épaules le poids du grand effort qu'il doit faire pour devenir un homme aux yeux de son grand-père, et à ses propres yeux aussi. Daniel a un peu peur, mais il se sent exalté aussi. Un grand défi l'attend.

À cheval, il avance dans la plaine et scrute l'horizon pour y repérer le cheval sauvage. Soudain, comme si elle répondait à son désir, la harde débouche d'un boisé. Daniel lève les bras au ciel en signe de victoire. Il frappe son cheval qui se met aussitôt au pas de course. Le troupeau n'est plus qu'à trois mètres... Il s'arrête, puis marche vers Fierro qui le regarde venir sans bouger.

Daniel s'avance, lentement, un morceau de sucre à la main. Il le tend au cheval, qui le happe aussitôt. Daniel sourit.

— Tu vois, quand tu veux! Maintenant, on va en faire des choses, tous les deux. Je viendrai te voir tous les jours. Et on ira se promener partout. T'es à moi tout seul!

Il avance la main pour lui caresser le museau, mais un peu trop vite, le cheval fait un écart. L'élan d'enthousiasme de Daniel se refroidit un peu. Il soupire, déçu, mais résolu à vaincre. De nouveau, il s'avance vers le cheval, la main tendue. Il lui parle, l'appelle, s'approche, tente encore une fois de le toucher, mais de nouveau le cheval s'écarte brusquement. Daniel s'énerve, et plus il s'énerve, plus ses gestes deviennent impatients, saccadés, rudes, et plus le cheval s'éloigne de lui. Il insiste, recommence, mais tous ses efforts ne réussissent qu'à effrayer le cheval, qui finit par prendre la fuite au galop.

Daniel reste cloué sur place, déçu, frustré, en colère contre le cheval et contre lui-même. Il n'a pas compris qu'il ne peut pas apprivoiser le cheval s'il ne le laisse pas venir à lui. Daniel veut vaincre, il veut soumettre Fierro à sa volonté. Il veut le dompter, pas l'apprivoiser. Il ne sait pas qu'apprivoiser veut dire rassurer. Martin le sait, lui... et Felipe aussi.

*   *   *

Justement, Felipe! Il est dans la remise. Grimpé sur une chaise qu'il a plantée en équilibre précaire sur une pile de boîtes de carton, il tente d'atteindre une hirondelle qui a fait son nid près d'une poutre, tout près du plafond.

Assis sur son arrière-train, son chiot semble vouloir l'aider. Il fixe l'oiseau comme s'il essayait de l'hypnotiser.

Felipe appelle l'oisillon apeuré:

— Viens! Viens! Je ne te ferai pas de mal. Regarde, la porte est ouverte...

Mais son chiot s'impatiente. Il est frustré que Felipe ne s'occupe pas de lui. Il se met à japper d'une petite voix aiguë.

— Tais-toi! crie Felipe, agacé. Tu lui fais peur... Va m'attendre dehors... Allez, va!

Felipe gesticule. Il fait de grands gestes pour inviter son chiot à lui obéir. Puis soudain, catastrophe! La chaise vacille sous ses pieds. Felipe tente désespérément de se raccrocher à une tablette encombrée de vieux livres et d'objets hétéroclites. Il tombe. Tout s'écroule sur lui dans un grand nuage de poussière.

Le chiot jappe de plus belle en regardant Felipe enfoui sous un assortiment de vieux objets.

Quelques secondes plus tard, Laura

accourt, attirée par le bruit fracassant dans la remise.

Elle entre au moment où Felipe essaie péniblement de se relever. Ravi de tout ce brouhaha, le chiot accueille Laura à grands cris, en frétillant de la queue.

— Qu'est-ce que t'as encore fait? demande Laura en remettant Felipe sur ses pieds.

Felipe grimace en se frottant le coude.

— Moi? Rien, je suis tombé, dit-il piteusement.

— Tu t'es fait mal? demande Laura, inquiète.

— Non, répond bravement Felipe en essuyant une gouttelette de sang sur son coude écorché.

D'un geste à la fois maternel et taquin, Laura lui ébouriffe les cheveux.

— Toujours grimpé partout, hein? dit-elle en riant.

Un furieux aboiement leur fait tourner la tête en direction du coupable. Ils aperçoivent le jeune chiot qui s'avance prudemment devant un vieux cheval de bois plein de toiles d'araignée. Sa petite patte touche celle du cheval qui se met à balancer en grinçant. Affolé, il recule en aboyant de plus belle. Felipe se tord de rire. Il prend le chiot dans ses bras et le caresse doucement pour calmer sa grosse frayeur...

Laura s'est mise à ramasser les divers objets que Felipe a entraînés dans sa chute. Felipe dépose son chiot et commence lui aussi à ranger. Une grosse pile de magazines retrouve sa place sur un coin de tablette. Il s'apprête à en prendre une autre lorsque ses yeux tombent sur un titre qui lui semble bien fascinant: *Le livre de la jungle*. Il le met précieusement de côté et continue son travail. Laura l'interrompt:

— Felipe, viens voir!

Laura est penchée sur de vieux cahiers d'écolier qui s'échappent d'une boîte renversée. Elle est aussi contente que si elle venait de faire la découverte d'un grand trésor. Elle s'exclame.

— Les affaires de papa quand il était jeune. Regarde, dit-elle en ouvrant un cahier. Son nom est écrit là:

«Diego Ruiz, mathématiques, dixième année».

Felipe plonge les mains dans la boîte avec enthousiasme. Il sort les objets un à un.

— Ses crayons, ses billes... et ça, c'est quoi? demande-t-il en montrant une grande enveloppe brune.

Laura la lui prend des mains et l'ouvre.

— Oh, c'est son carton à dessins!

Ravie, elle les tire un à un de l'enveloppe et les montre à Felipe qui s'exclame:

— Dis donc, il dessinait drôlement bien, papa!

Les dessins sont beaux en effet, mais Laura est fascinée par la tête d'une femme qui réapparaît sans cesse sur plusieurs dessins. Elle les regarde attentivement, un à un, mais tout à coup, elle trouve une enveloppe entre deux dessins. Sans hésiter une seconde, elle l'ouvre et en sort une feuille de papier pliée en deux de laquelle tombe une petite photo en noir et blanc. Elle la ramasse aussitôt. Laura semble ébahie. Elle examine le visage de cette jeune femme qui sourit. Elle lui ressemble d'une façon incroyable.

Felipe s'est approché de sa sœur. Il étire le cou.

– Fais voir... Oh! On dirait que c'est toi!

Il est aussi fasciné que Laura par la ressemblance. Il prend la photo, la retourne; il n'y a rien d'écrit derrière. Ses yeux vont de Laura à la photo, puis à la feuille de papier qu'elle tient toujours dans ses mains. Impulsivement, il la prend, l'ouvre et commence à lire avant même que Laura ait pu poser un geste.

– «Diego... Je pense beaucoup à toi. Même les lumières de Paris ne suffisent pas à me faire oublier que je suis très loin de toi... Je reviens très bientôt te serrer dans mes bras. Je t'embrasse mille fois. Ta maman qui t'adore.»

Instinctivement, le regard de Felipe s'est porté vers les dessins. Songeuse, Laura n'a pas quitté la photo des yeux.

– Heureusement qu'elle a dit qu'elle allait revenir bientôt! s'exclame Felipe.

Laura sourit à son petit frère.

— Oui, heureusement...

— C'est drôle, hein, Laura, comme tu lui ressembles?

Laura hoche la tête sans répondre. Une foule de pensées se bousculent dans son esprit. C'est elle, c'est sa grand-mère... et elle lui ressemble! Laura replace lentement la lettre et la photo dans le carnet à dessins.

Elle ne sent pas que Felipe la tire par la manche pour la faire sortir de sa rêverie... Elle voit l'image de grand-père Federico... Elle revoit les drôles de regards qu'il a posés sur elle depuis son arrivée...

Chapitre 8

Chère Isabelle

Ce sont finalement les cris qui parviennent jusqu'à eux qui ramènent Laura à la réalité. Elle comprend aussitôt. Les hommes de la ferme ont entrepris une séance de dressage dans le corral. Elle se lève et sort de la remise. Felipe l'interpelle sur un ton de reproche:

— Tu y vas?

Laura le regarde un instant, puis continue son chemin sans répondre. De nouveaux cris arrivent jusqu'à Felipe. Il ramasse son chiot et court s'enfermer dans sa chambre. Felipe n'aime pas ces séances de dressage.

Il faut dire qu'en Argentine, la méthode de dressage des chevaux sauvages est très spéciale. On l'appelle *domas*. Lorsqu'ils ont réussi à faire entrer les chevaux dans le corral, les hommes s'y enferment avec eux. La plupart du temps, les chevaux sont déjà énervés d'être ainsi privés de leur liberté. Ils sont fougueux, rétifs, effrayés par toute cette activité qui les entoure. Ils galopent de part en part du terrain, se ruent parfois sur les clôtures de bois.

Mais pour les dresser, il faut d'abord les attraper, les immobiliser. Et c'est précisément ce qu'un des hommes est en train de faire lorsque Laura arrive. Il tient un lasso au bout de ses bras, le tourne, le fait virevolter au-dessus de sa tête, comme le font les «cow-boys», puis le lance autour des pattes avant du cheval qui, arrêté brusquement dans sa course, s'écrase lourdement sur le sol, faisant voler autour de lui un épais nuage de poussière. Les spectateurs lancent des cris d'encouragement. C'est l'éternel combat entre l'homme et l'animal qu'il veut asservir à ses besoins.

Avant que le cheval ait eu le temps de réagir, déjà un autre homme lui a passé un harnais autour de la tête. Se servant de cravaches, les hommes traînent la bête affolée jusqu'à un gros pieu fiché en terre auquel ils l'attachent de telle sorte qu'elle ne peut plus bouger la tête. Le cheval est épouvanté, il rue, se débat, tente de dégager sa tête, de se remettre sur ses pattes, mais le pieu est solide et le retient fermement.

Non, Felipe n'aime pas ces séances

de dressage. Réfugié dans sa chambre, il a ouvert sa radio pour ne pas entendre le vacarme. Il caresse son chiot. Il a sorti un crayon et du papier et entreprend d'écrire à sa petite copine Isabelle, restée à la ville.

— «Isabelle, si tu pouvais voir comme c'est beau la *pampa* avec tous les chevaux sauvages. Peux-tu imaginer qu'avant, il n'y avait pas de chevaux en Argentine? Moi, non. J'imagine qu'ils n'ont pas dû aimer leur voyage en bateau, quand les Espagnols les ont amenés ici... Peut-être qu'ils ont eu le mal de mer. Au moins, maintenant, ils ont l'air bien... quand ils sont dans la *pampa*. Ils sont beaux... Tu sais, au début, les Indiens ont eu très peur des chevaux, ils n'en avaient jamais vu. Ils pensaient que c'étaient des démons, mais après, ils ont appris à les connaître et à les aimer, comme moi...»

Felipe s'arrête un instant. Une nouvelle clameur venant du corral arrive jusqu'à lui. Il monte le volume de la radio et se penche sur la feuille de papier...

—... «Les Indiens étaient doux avec

leurs chevaux. Ils ne les battaient jamais. Ils les caressaient, leur donnaient des fruits. Ils...»

Felipe s'arrête un instant. Il cherche un mot pour décrire ce qu'il ressent à sa copine Isabelle.

Il réfléchit, puis reprend son crayon.

—... «Ils respectaient leurs chevaux...»

Rêveur, Felipe regarde par la fenêtre grande ouverte. Sur une branche qui frôle doucement le volet, un petit oiseau égrène à tue-tête ses notes claires comme un son de flûte...

*   *   *

Laura est allée directement à l'écurie, elle a sellé son cheval et elle s'éloigne dans la prairie. Elle réfléchit. Pourquoi le comportement de grand-père a-t-il changé avec elle? Elle est la même Laura que les étés précédents, alors pourquoi? Jusqu'ici, il avait toujours trouvé normal qu'elle partage les activités des garçons, qu'elle le suive comme eux. Pourquoi ne la traite-t-il plus comme il traite Daniel?

Laura prend une décision soudaine. Elle tourne son cheval et le lance au galop vers la ferme. Elle ralentit en s'approchant du corral. Elle aperçoit aussitôt Daniel, Federico, Luis et quelques hommes qui observent la scène de dressage près de la clôture.

Elle a mis son cheval au pas. Elle avance lentement, la tête haute, ses longs cheveux flottant librement sur ses épaules. Elle est belle. Les hommes lèvent les yeux vers elle en la voyant venir et Federico suit leurs regards. Il fronce les sourcils. Laura lui sourit, descend de son cheval et s'approche de lui, mais il tourne aussitôt la tête vers Daniel.

— Tu veux qu'ils s'occupent de dresser ton cheval? demande-t-il en désignant les hommes dans l'enclos.

— Non, non... proteste Daniel. Je suis capable tout seul.

Les hommes viennent d'attacher le deuxième cheval au pieu. Comme le premier, il se débat violemment. Un coup de cravache fend l'air avec un bruit sec. Le cheval de Laura a un sursaut de nervosité en entendant ce bruit.

Agacé, Federico se tourne vers elle et lui dit brusquement:

— Qu'est-ce que tu attends pour le rentrer? Tu ne vois pas que ça l'énerve?

Laura est pétrifiée. Elle reçoit la remarque brusque de Federico comme une gifle. Instinctivement, elle recule d'un pas, puis se retourne aussitôt pour qu'il ne voie pas ses yeux qui se sont remplis de larmes.

Laura a rentré son cheval. Elle porte maintenant la selle dans la petite pièce de rangement. Elle n'a pas vu Martin qui astique une selle dans un coin. Elle s'approche de la poutre et y pose violemment sa selle. Ses yeux sont brouillés de larmes. Elle manque son coup et la selle tombe par terre.

Martin se précipite vers elle pour lui donner un coup de main, mais son geste, pourtant tout naturel, indispose Laura. Elle le repousse en ramassant nerveusement sa selle.

— Je suis capable toute seule!

Martin la regarde un instant, un peu surpris.

— Je le sais, dit-il doucement. Je

voulais seulement t'aider. Pourquoi tu pleures?

– Parce que je suis en colère.

– Et pourquoi tu es en colère?

– Parce que je pleure.

Elle replace la selle et se tourne vers Martin. Sur ses joues coulent de grosses larmes rondes qu'elle n'essaye même pas de cacher.

– C'est de ma faute aussi, s'exclame Laura. On dirait que tout ce que je fais, ça l'énerve... J'essaie pourtant...

Les larmes coulent de plus belle. Martin la regarde, impuissant.

– Je voudrais lui dire... commence Laura, puis elle s'arrête, cherchant ses mots.

–... Je voudrais lui dire, mais je ne sais pas quoi... Comprends-tu?

Martin hoche la tête, incertain. Laura accroche ses guides sur un clou, sourit à Martin, puis hausse les épaules.

– Ça ne fait rien, dit-elle. Ça m'a fait du bien de te parler. Ça va mieux maintenant, ajoute-t-elle en lui touchant le bras.

Laura sort en lui faisant un dernier petit sourire. Elle s'arrête au robinet extérieur près de l'écurie et s'asperge généreusement le visage d'eau froide pour faire disparaître toute trace de larmes. L'eau l'éclabousse et colle ses cheveux à ses joues. Elle les repousse d'un geste impatient sans s'apercevoir que, de loin, Federico l'observe, avec du désarroi dans le regard. Il tourne la tête, puis quitte le corral où la séance de dressage est terminée.

* * *

L'après-midi s'achève, lourd et humide. Tante Anna a décidé que, vraiment, il fait trop chaud; ce soir, la famille mange dans le jardin et c'est Federico qui fait les grillades sur le feu de bois. Felipe est ravi. Il pourra aider grand-père, il adore ça.

Déjà, il a commencé à casser de petites branches et il les entasse à côté du feu que Federico a allumé. Les braises se forment lentement sous la grille.

Aidée de Laura, Anna met la table sous l'eucalyptus. Laura travaille en silence, songeuse. Elle jette parfois un regard vers grand-père qui s'active près du feu. Anna vient de sortir avec une grande assiette remplie de pièces de viande qu'elle tend à Laura.

— Tiens, va les porter.

Mais c'est Felipe qui accourt et prend l'assiette. Il est si fier de son rôle de cuisinier! Laura sourit. Felipe dépose l'assiette et tend la main vers la petite pelle de grand-père.

— Est-ce que je peux? demande-t-il.
— Bien sûr, dit grand-père.

Felipe étend soigneusement les braises sous la grille. Ses joues sont rouges.

– Quelle chaleur! dit-il. C'est bien comme ça?

– C'est parfait, dit Federico en riant. Tu es un vrai chef.

Sous les yeux attentifs de Felipe qui ne perd pas un geste, il ajoute une grosse branche dans le feu. Puis, sans transition, Felipe demande soudain:

– Quel est le personnage que tu préfères, toi, dans *Le livre de la jungle*?

Federico éclate de rire.

– Shera Khan! dit-il.

– Moi, c'est Baaaloooo! s'exclame Felipe en se gonflant la poitrine et en marchant comme un ours.

Tout le monde rit, même Laura. Puis Felipe ajoute du même souffle, comme s'il n'avait pas changé de sujet:

– Grand-père, quand tu es allé à Paris avec...

Laura a levé la tête. Elle regarde un instant Federico qui interrompt Felipe:

– Je ne suis jamais allé à Paris...

Felipe cesse de faire le clown. Il regarde son grand-père, interdit.

– Jamais, jamais?

– Non, jamais, répond brusquement Federico.

Il s'affaire à tourner les grillades sur le feu.

— C'est presque prêt, dit-il. Tiens l'assiette, Felipe.

Federico dépose les grillades, une à une, sur l'assiette que tient Felipe.

Le petit regarde son grand-père, intrigué, un peu abasourdi.

*   *   *

Daniel n'est pas sitôt levé, le lendemain matin, qu'il part confiant à la recherche de Fierro. Il a réussi à le trouver et le chasse devant lui en direction du corral. Le cheval entre sans trop se faire prier par la barrière grande ouverte. Daniel est ravi.

Ç'a été plus facile qu'il pensait. Il descend de son cheval et va l'attacher à la clôture, mais avant qu'il ait eu le temps de réagir, Fierro est repassé par la barrière que Daniel n'avait pas encore eu le temps de refermer et lui file sous le nez. Daniel le regarde s'enfuir dans la plaine en galopant. Il est furieux. Il lance un juron et referme la barrière d'un violent coup de pied.

Daniel n'aime pas perdre... et puis,

il y a toute la confiance de grand-père dont il doit se montrer digne. Sans se l'avouer, Daniel a un peu peur du défi aussi. Il hésite un moment. Doit-il repartir aussitôt à la recherche de Fierro? Mais il n'aura plus le temps maintenant, il doit rencontrer Martin tout à l'heure pour une autre course à obstacles...

Maussade, Daniel retourne un moment dans la plaine, mais pas de Fierro à l'horizon. Il revient lentement vers le terrain de course.

Felipe et Martin ont presque fini de mettre tous les obstacles en place. Lorsque Daniel arrive, Martin est en train de grimper le fauteuil de Felipe dans l'arbre au moyen d'une poulie. Il est essoufflé.

— Il était temps que j'arrive, hein? dit Daniel d'un petit air goguenard à Martin.

Martin sourit et demande négligemment à Daniel:

— Comment ça se passe le dressage?

— Pas mal... pas mal bien. Je suis content, répond Daniel sans trop regarder Martin.

Du haut de son perchoir, Felipe intervient innocemment.

– Penses-tu le monter avant la fin de l'été?

Daniel est insulté que Felipe ose même lui poser la question. Il répond un peu brusquement, frondeur.

– Ah oui! Maintenant je le sais comment il faut être avec lui. D'ici quelques jours, je devrais l'avoir!

Il est pressé de changer de sujet. Il désigne les obstacles à Martin.

– On en fait une?

Martin acquiesce en silence et monte sur son cheval. Daniel suit la course, mais son esprit est ailleurs.

– Trois minutes sept secondes, annonce Felipe du haut de sa plate-forme, chronomètre en main.

Daniel s'élance à son tour. Il pousse son cheval à toute vapeur, fait le tour de la piste et s'arrête, triomphant, sous l'arbre de Felipe.

– Trois minutes vingt-cinq, claironne Felipe.

Daniel est incrédule.

– T'es sûr? demande-t-il.

– Je sais compter, monsieur le mauvais perdant, proteste Felipe.

Martin s'est approché de Daniel, qui refuse encore de croire à sa défaite. Il jette un regard soupçonneux à Felipe. Il marmonne:

— Presque vingt secondes de différence, c'est difficile à croire.

Narquois, Felipe fait un clin d'œil à Martin.

— Pas si tu te mesures avec un champion, dit-il.

Daniel hausse les épaules et se tourne vers Martin.

— Une revanche? demande-t-il.

Martin fait signe que non.

— T'es fatigué? demande Daniel, moqueur. Ou t'as peur de perdre?

Martin regarde Daniel un instant, puis répond un peu sèchement.

— J'ai pas le goût, c'est tout... De toute façon, il faut que je rentre. Salut.

Daniel reste pantois. Même Felipe est surpris par le ton inhabituel de Martin. Il est toujours si calme, si doux, si pondéré.

Il se laisse glisser de l'arbre avec son chiot sous le bras et rejoint Daniel. Celui-ci est resté cloué sur place. Il regarde Martin qui s'éloigne. Songeur, il murmure:

— Je suis sûr qu'il me cache quelque chose...

Depuis qu'ils sont tout petits, ils sont amis tous les deux. Jamais Daniel n'a un instant songé qu'il pouvait en être autrement. Ils ont toujours tout partagé, leurs jeux et leurs rêves. Martin, plus tranquille, s'est toujours gentiment plié aux élans enthousiastes de Daniel. Il est perplexe, triste, un peu inquiet aussi. Décidément aujourd'hui, rien ne va...

Cette journée-là, les garçons vaquèrent à leurs activités respectives. Ils ne se revirent pas de tout le jour.

*   *   *

Daniel n'était pas le seul à être préoccupé. Laura n'avait pas encore réussi à parler à Federico depuis l'incident qui l'avait tant peinée, le jour du dressage des chevaux.

Ce soir, elle veut tirer cette histoire au clair. Elle veut qu'il lui explique pourquoi, cet été, il est si brusque avec elle. Elle veut comprendre ce changement d'attitude qu'elle ne s'explique pas.

124

Tout est calme dans la maison. Fatigués de leur journée, ils se sont tous retirés dans leur chambre.

Laura hésite un moment, puis décide d'aller frapper à la porte de grand-père. Pas de réponse. Elle entre doucement, la chambre est vide.

Laura prend un livre sur la table de chevet et décide de l'attendre. Il ne devrait pas tarder... mais fatiguée, elle s'endort à son tour.

C'est ainsi que Federico la trouve en entrant dans sa chambre. Il sursaute. Pendant un moment, il croit rêver, et l'espace d'un instant, c'est une autre qu'il a l'impression de voir... Sa femme, à laquelle Laura ressemble de plus en plus.

Federico n'aime pas les souvenirs. Loin d'arranger les choses, la présence de Laura l'indispose encore plus.

— Qu'est-ce que tu fais dans ma chambre? demande-t-il, impatient.

Laura s'est réveillée brusquement. Elle hésite un moment devant le visage fermé de son grand-père.

— Je voudrais te parler...
— Pas ce soir, allez, va te coucher.

Le ton ferme de Federico ne laisse à Laura aucune chance de protester. Elle a un petit geste d'impuissance et sourit tristement.

— Bonne nuit, grand-père.

— Bonne nuit, répond Federico d'un air las, sans regarder Laura.

Elle saisit la poignée de la porte, fait un pas pour sortir, puis se ravise. Encore une fois, elle ne comprend pas. Elle cherche une explication. Ce n'est pas possible que grand-père ait tellement changé avec elle depuis l'été dernier. Va-t-il enfin lui expliquer? Lui dire ce qui se passe? Soudain, elle croit avoir trouvé la réponse. Elle lance:

— Tu m'aimerais plus si j'étais un garçon, hein?

Federico est totalement interloqué par la remarque de Laura. Il reste muet, incapable de répondre. Il se sent vieux, épuisé tout à coup.

Laura s'éloigne, seule avec sa peine.

* * *

À l'*estancia*, tout est calme. La nuit a enfermé chacun dans ses rêves, ses désirs, ses angoisses, ses inquiétudes. Dans leur sommeil, ils sont seuls avec leurs questions auxquelles personne ne répond pour eux...

Chapitre 9

La partie de *pato*

Martin, lui, rêve de son cheval sauvage. Il est obsédé. Il se voit dans la *pampa*, monté sur Fierro, et l'immense espace n'appartient qu'à eux deux, en parfaite harmonie.

Si bien que ce rêve finit par éveiller Martin. Il ne peut pas résister. Il se lève doucement et sort de la maison sans faire de bruit. À l'écurie, il selle rapidement son cheval...

Daniel aussi a rêvé de Fierro. Dans son rêve, il réussissait merveilleusement tout ce qu'en réalité il avait raté la veille.

Daniel s'éveille à l'aube, comme Martin. Un peu déçu que ce ne soit qu'un rêve, il décide de partir tout de suite à la recherche de Fierro.

Il saute du lit et encore tout endormi, en pyjama, il sort sous la tonnelle.

Quelle n'est pas sa surprise d'apercevoir Martin qui se dirige vers l'écurie à cette heure matinale. Il court à sa chambre et secoue son jeune frère qui dort encore comme un ange.

— Felipe, réveille-toi!

Felipe pousse un cri en se frottant les yeux.

— Quoi? Quoi?

Daniel lui met doucement la main sur la bouche.

— Chut! Dépêche-toi. Viens, prends tes jumelles.

Un mystère! Il n'en faut pas plus pour réveiller Felipe tout à fait. En moins d'une minute, il est déjà dehors et suit Daniel sur la pointe des pieds.

Laura a entendu la commotion dans la chambre des garçons. Elle ouvre sa porte de chambre au moment où Daniel et Felipe passent en pyjama.

— Où est-ce que vous allez? demande-t-elle, un peu éberluée par l'allure énigmatique des garçons.

Daniel a un geste impatient.

— Va te recoucher, chuchote-t-il un peu trop brusquement.

— Je vais avec vous, proteste Laura.

— Non! C'est une histoire de gars, t'as rien à faire là-dedans!

Laura est blessée, furieuse. Qu'est-ce qui arrive à son frère?

Il est bien impulsif parfois, mais jamais méchant. Jamais, jusqu'à maintenant, il n'a songé à écarter Laura de ses jeux, de ses activités parce qu'elle est une fille. Est-ce à cause de ce cheval que grand-père lui a donné? Est-ce à cause de grand-père?

Elle est immobile, pétrifiée sur le seuil de sa chambre. Felipe hausse les épaules dans un geste d'impuissance. Il fait une petite moue à Laura, l'air de dire: «T'en fais pas, c'est juste une mouche qui l'a piqué!» Il trottine derrière Daniel qui s'éloigne à grands pas vers l'écurie. Les deux garçons arrivent juste à temps pour apercevoir Martin qui a déjà sellé son cheval et s'éloigne lentement dans la plaine.

Daniel exulte. Enfin, il va connaître le secret de Martin.

— Où est-ce qu'il va? Pourquoi il
fait ça? demande naïvement Felipe.

— Pour gagner le pari, bien sûr, dit
Daniel.

— Ah... Quel pari?

— Ben, le pari de monter son cheval sauvage le premier. Il a choisi son
cheval en secret et il est en train de le
dresser.

— Viens, dit-il à Felipe, on va le
surprendre. Tu vas voir la tête qu'il va
faire!

Daniel saute aussitôt sur son cheval. Felipe le suit, jambes ballantes
sur son demi-cheval blanc. Ses grosses
jumelles pendent à son cou. Il s'est
transformé en maître-espion!

Martin s'approche du terrain de
course, puis continue vers la plaine
sans s'arrêter.

— Qu'est-ce que je t'avais dit! s'exclame Daniel.

Daniel fait signe à Felipe de le
suivre. Ils mettent leurs chevaux au
pas et s'avancent jusqu'à un bosquet
d'arbres, derrière lequel ils s'abritent
pour guetter Martin de loin. Martin

s'approche du troupeau de chevaux sauvages. Il descend de son cheval... Daniel plisse les yeux et sourit. Quel cachottier ce Martin!

Felipe a porté ses jumelles à ses yeux. Une seconde à peine et il les baisse aussitôt en jetant un coup d'œil de côté à son frère. Daniel sourit, fier d'avoir découvert le secret de Martin. Il tend la main vers les jumelles de Felipe. Le petit hésite, puis retire lentement les jumelles suspendues à son cou. Il les tend à Daniel sans dire un mot.

Désemparé, Felipe n'a pas quitté son frère des yeux. Il sait, lui... Daniel regarde à son tour, et c'est la catastrophe! Martin a monté Fierro et s'éloigne au galop dans la plaine. La belle crinière blonde du cheval flotte au vent et semble frapper Daniel en plein visage. Son sourire s'est figé. Une lueur de colère, de chagrin, de déception brille dans les yeux bleus de Daniel. Il reste un moment immobile à fixer le cavalier qui s'éloigne à l'horizon. Puis il éperonne sa monture et part comme une flèche en direction de Martin.

Impuissant, Felipe regarde son frère qui disparaît au loin. Il revient lentement vers l'écurie, atterré, inquiet.

Soudain, Martin voit Daniel qui galope vers lui à toute vitesse. Il fige de stupeur. Daniel a brusquement arrêté son cheval devant Martin. Il le regarde en silence, le visage dur, méprisant. Martin ouvre la bouche. Il voudrait expliquer ce qui s'est passé à son ami, mais il ne peut pas, il est paralysé. Pas un son n'arrive à sortir de sa bouche. Les deux garçons se regardent avec un profond malaise. Des sentiments contradictoires se bousculent dans leurs têtes. Puis, aussi soudainement qu'il est arrivé, Daniel tourne le dos à Martin et frappe son cheval qui repart au galop en direction de la maison.

Martin ne bouge pas. Il pose seulement ses mains tremblantes sur le cou nerveux du cheval. Il ne sait plus s'il aime ou déteste Fierro. Est-ce possible qu'à cause de lui sa vieille amitié avec Daniel soit détruite? Martin descend du cheval et s'éloigne sans tourner la tête...

*   *   *

Dans la tête de Laura aussi des idées noires se bousculent. Elle a reçu la remarque de Daniel comme une gifle en plein visage. «Une histoire de gars?» Qu'est-ce qui se passe? Laura ne comprend pas pourquoi cet été est si brusquement différent des autres. Elle ne veut pas. Un mélange de peine et de rage l'envahit, la submerge. Elle réfléchit en faisant les cent pas dans sa chambre. Qu'est-ce qu'elle doit faire?

Soudain, sa décision est prise. Laura sort de sa chambre en courant. Elle entre dans la chambre vide de Daniel et ouvre furieusement les tiroirs et les placards. Elle sort une chemise rouge de Daniel, l'enfile, la boutonne nerveusement, puis elle enroule à sa taille la grande ceinture noire des *peones*. Le miroir de la commode lui renvoie son image. Laura s'arrête, se regarde. Elle voit la longue chevelure brune qui encadre son visage, coule doucement sur ses épaules. Elle hésite un instant puis, d'un geste rageur, repousse ses cheveux. Elle sort de la chambre d'un pas décidé.

Elle entre dans la salle de bain, s'enferme à double tour. Elle ouvre l'armoire et saisit des ciseaux. Sa main tremble. Pendant un long moment, elle contemple son image dans la glace. Les larmes coulent sur ses joues, rondes, lourdes, brûlantes.

Elle prend une longue mèche de cheveux, lève les ciseaux et d'un geste sec qui retentit à ses oreilles comme un coup de fouet, elle coupe la lourde mèche à la hauteur de son visage...

Elle s'arrête à peine un instant. Son visage est rouge, crispé, ruisselant de larmes. Puis, les coups de ciseaux se succèdent, rapides, nerveux. La longue chevelure brune tombe autour d'elle, inerte, comme un voile qui se déchire. Son visage se transforme devant ses yeux. Laura se regarde, incertaine, désemparée, puis un grand calme l'envahit soudain. Elle sort et marche d'un pas décidé vers l'écurie. Elle selle son cheval et se dirige vers le terrain de course.

Elle s'arrête à la ligne de départ, bien droite sur sa monture. Son regard survole froidement tous les obstacles. Elle touche ses cheveux courts, puis donne un coup sec sur la croupe de son cheval, qui s'élance au galop. Laura serre les guides, son corps est penché sur le cou du cheval. Elle ramasse le ballon de *pato*, le lance dans le cerceau, file vers le prochain obstacle, saute les ballots de paille, poursuit vers les pieux fichés en terre, galope comme l'éclair vers le point d'arrêt de la course. Elle frappe avec un geste de triomphe le chaudron suspendu sous l'arbre de Felipe.

Elle s'arrête plus loin, près du bosquet, rouge, en sueur. Elle s'allonge sur l'encolure de son cheval et lentement reprend son souffle. Un bruit de sabots qui frappent le sol attire son attention. Laura lève la tête et aperçoit Daniel, en pyjama, qui arrive de la plaine à fond de train. Il fonce sans ralentir vers le terrain de course. Il n'a pas vu Laura. Il galope d'un obstacle à l'autre et démolit tout sur son passage. Il atteint la fin du parcours et arrache violemment le chaudron que Laura vient elle-même de frapper pour marquer sa victoire. Mais le geste de Daniel n'a rien de victorieux.

Au contraire, il hurle et son cri ressemble à un sanglot. Au même moment, il lève la tête et aperçoit Laura qui le regarde d'un air stupéfait.

Elle a oublié tout ce qu'elle vient elle-même de vivre. La violence et le chagrin évident de Daniel se confondent avec ses propres sentiments. Elle demande d'une voix atterrée:

— T'es fou! Qu'est-ce qui te prend?

Daniel voit rouge. Il ne veut pas de témoin, surtout pas que quelqu'un voie les larmes au bord de ses cils. Il répond brutalement:

— Occupe-toi de tes affaires!

Mais sa voix s'étrangle. Il vient d'apercevoir les cheveux courts de Laura. Sans comprendre, il pressent le drame de sa sœur. Ça lui fait l'effet d'une douche froide. Pour un moment, il oublie Martin, Fierro et tout le reste. Sidéré, il murmure:

— Qu'est-ce que tu as fait?

Laura se redresse, secoue la tête. Un sourire ironique aux lèvres, elle réplique sèchement:

— Occupe-toi de tes affaires!

Elle tourne brusquement le dos à Daniel et s'éloigne au pas sur son cheval.

En équilibre sur son petit cheval blanc, Felipe arrive à son tour au terrain d'obstacles. Il regarde ses aînés avec de grands points d'interrogation dans les yeux. Son regard va de Daniel à Laura, puis de nouveau à Daniel. Il ne comprend vraiment pas ce qui leur arrive à tous les deux. Il décide prudemment que ce n'est pas le moment d'intervenir. Il regagne lentement le calme de sa remise et la compagnie rassurante de son chiot.

*   *   *

Étrange journée pendant laquelle personne n'a vu personne. Federico a vaqué à ses occupations et Anna aussi. Personne ne s'est inquiété du calme qui règne à la maison. Il fait chaud, tout est au ralenti. Felipe écrit sagement à Isabelle. Daniel lit peut-être et Laura sûrement est partie aux ruines, comme elle le fait si souvent.

Anna a préparé le repas du soir. Federico s'installe à sa place, au bout de la grande table. L'un après l'autre, Felipe et Daniel arrivent. Ils échangent un coup d'œil en silence.

La grande porte de la salle à manger est ouverte sur le jardin. Le soleil descend lentement, laissant derrière lui de grandes traînées de rose, de violet, de bleu sombre. L'odeur capiteuse des roses embaume la pièce.

Tout en commençant le service, Anna lève la tête et voit la place vide de Laura. Elle appelle:

– Laura! On mange!

Les garçons se regardent, inquiets. Felipe jette un regard vers Federico et plonge le nez dans l'assiette qu'Anna vient de poser devant lui.

Des pas résonnent sous la tonnelle. Lentement, Laura entre dans la salle à manger, derrière Federico. Elle tire sa chaise et prend place à table.

Anna lève la tête vers elle. Le sourire qui s'apprêtait à accueillir Laura se fige sur ses lèvres. Elle échappe la cuillère de service qui tinte sur la table. À son tour, Federico lève les yeux. Il aperçoit Laura, qui n'a pas bougé.

Un instant, la stupéfaction se peint sur son visage, puis la colère.

– Bravo! Tu peux être fière de toi!

Laura ne bronche pas. Anna hoche la tête, découragée, inquiète pour Laura. Le repas s'achève dans le plus profond des silences, sans que Federico ait posé les yeux une seule autre fois sur Laura. Il est sombre, Laura est butée, Daniel, confus. Seuls Felipe et Anna échangent un regard qui ressemble à de la pitié pour ces trois êtres qu'ils aiment et qui soudain semblent si malheureux pour des raisons que le petit Felipe ne comprend pas et que tante Anna ne peut pas lui expliquer.

Chacun gagne sa chambre, enfermé, emmuré dans un silence impuissant...

*   *   *

La nuit a été longue, peuplée de mauvais rêves pour tout le monde... et pour Martin aussi, qui s'éveille au petit jour, triste, inquiet. Il ne veut pas vivre une autre journée comme celle d'hier. Il sent qu'il doit faire quelque chose. Il faut qu'il explique à Daniel que tout ça n'est qu'un immense malentendu.

Il sort de la maison et s'approche lentement de la chambre de Daniel. Les persiennes de la fenêtre sont à demi fermées. Rien ne bouge à l'intérieur. Il frappe doucement sur la vitre. Il appelle à voix basse:

— Daniel!... Daniel!... C'est moi, Daniel. Laisse-moi t'expliquer.

Un léger bruit. Des pieds nus qui marchent sur les dalles de la chambre. Martin attend avec espoir. Il aperçoit un instant le visage de Daniel dans l'ombre. Puis, les persiennes claquent. Martin entend le bruit sec du loquet que Daniel vient de rabattre brusquement à l'intérieur.

Martin sursaute, déçu, blessé, impuissant. Tête basse, il rentre lentement chez lui.

* * *

La journée commence comme la soirée de la veille s'est terminée. L'orage gronde dans l'air. Mais c'est aujourd'hui que se tient la partie de *pato* au village.

Felipe est assis avec son chiot au jardin et il regarde de loin Federico qui s'apprête à monter dans la camionnette avec Luis, le père de Martin.

Federico tourne la tête et l'aperçoit. Il sourit, comme si la vue du coquin et insouciant Felipe éloignait ses pensées noires.

— Tu viens avec nous, Felipe? demande Federico.

Mais ce matin, même Felipe n'a pas envie d'aller avec grand-père. Il se sent mal à l'aise. Il fait signe que non, puis ajoute, comme pour atténuer son refus:

— J'irai une autre fois.

— Ça peut être une belle partie, tu sais.

— Peut-être, mais je préfère rester avec Laura, dit Felipe.

Federico n'insiste pas. Son visage se rembrunit légèrement et il monte à côté de Luis.

Felipe regarde la camionnette qui s'éloigne... cette même camionnette qui, il y a quelques semaines à peine, les a amenés, lui, Daniel et Laura, pleins de joie à l'idée de revoir grand-père et tante Anna et de vivre un autre bel été de liberté à l'*estancia*. Que se passe-t-il donc? se demande le petit Felipe.

*   *   *

Anna est à la cuisine. Elle prépare des *empañadas*, l'un des mets favoris des Argentins. Ce sont de petits chaussons à la viande, façonnés en forme de demi-lunes et qui ressortiront tout dorés de la grande friteuse que tante Anna a mise à chauffer sur la cuisinière.

Elle ne chantonne pas ce matin en travaillant. Elle est préoccupée. Elle pense à Laura. Et justement, voilà celle-ci qui entre dans la cuisine. Elle s'installe à la table et observe tante Anna qui continue sa besogne sans dire un mot. Elle se contente de jeter un coup d'œil à Laura, en silence. Elle attend.

Instinctivement, Laura passe sa main sur sa nuque, frôlant à peine ses cheveux courts. Anna soupire.

— T'es fâchée contre moi, toi aussi? demande Laura.

Tante Anna essuie ses mains pleines de farine sur son tablier.

Elle regarde Laura encore un long moment, puis elle dit, très calme:

— Je ne suis pas fâchée, Laura... Mais je ne comprends pas du tout pourquoi tu as fait ça. On dirait que tu le fais exprès pour le faire enrager.

Laura baisse la tête et joue distraitement avec ses doigts. Sans regarder tante Anna, elle murmure:

— Il était tellement différent les autres années. Pourquoi il est comme ça avec moi, maintenant?

Sa voix se brise, elle hésite puis ajoute:

—... je ne peux pas le laisser faire!

Anna s'approche de Laura et lui caresse la joue. Elle comprend, mais elle ne veut surtout pas que Laura ait l'impression qu'elle l'encourage à affronter Federico.

— Sois patiente, Laura, dit-elle d'une voix douce. Ce n'est pas en le

144

poussant à bout comme tu le fais que tu vas arriver à quelque chose.

— À bout de quoi? proteste Laura en devenant soudain agressive. À bout de quoi?

Laura se lève et sort abruptement de la cuisine. Même tante Anna ne comprend pas? Est-ce vraiment possible?

Anna hoche la tête en regardant la jeune fille qui s'éloigne. Elle réfléchit...

*   *   *

Laura n'ira pas au village cet après-midi. Elle a même oublié que c'est le grand jour de la partie de *pato*.

Chaque été, les jeunes organisent des parties de *pato* auxquelles presque tout le village assiste. C'est l'occasion rêvée d'amener la famille en pique-nique, de rencontrer les amis et surtout d'encourager à grands cris les équipes favorites... et il faut bien le dire, elles sont favorites surtout s'il y a un fils, un frère, un cousin qui en fait partie. Quoi qu'il en soit, c'est tou-

145

jours la fête au village quand il y a une partie de *pato*.

Martin et Daniel y participent depuis qu'ils savent monter à cheval et, bien sûr, ils ont toujours été de la même équipe, mais cette fois... Il n'ont évidemment pas osé refuser de participer à la joute, mais comme par hasard, Daniel se retrouve dans l'équipe qui s'oppose à celle de Martin.

Ils sont là, montés sur leurs chevaux, chacun avec son équipe, les blancs et les rouges. Tout le monde s'assemble autour du large terrain recouvert de gazon. À chaque extrémité, un panier est fixé à un poteau à trois mètres environ du sol. C'est dans ces paniers que les joueurs devront lancer le ballon de *pato*, un peu comme au ballon panier, mais à cheval, ce qui rend le jeu beaucoup plus rapide et mouvementé, comme on l'imagine.

Ils sont quatre jeunes cavaliers dans chaque équipe. Du haut de leurs chevaux, ils doivent ramasser par terre le ballon muni de ses grands cerceaux qui forment des poignées, puis le lancer à un joueur de leur équipe; ou alors, ils se le font arracher par un joueur de l'autre équipe qui, s'il est plus rapide, ira marquer un but en lançant le ballon dans le panier de l'équipe adverse. Ce sont alors les cris et les hurlements des supporteurs dans l'assistance!

Sans se regarder, Daniel et Martin attendent la mise au jeu, chacun de son côté. Et ça y est: le coup de sifflet de l'arbitre... Dans un grand nuage de poussière, les jeunes ont lancé leurs chevaux au galop. C'est la mêlée, la bousculade, les cris.

Daniel a son visage fermé des mauvais jours. Il se rue sur Martin qui a le ballon et l'attaque de façon beaucoup plus rude qu'il n'est nécessaire. Pendant un moment, Martin est interloqué puis, instinctivement, il réagit. Les deux garçons s'affrontent comme s'il n'existait plus qu'eux seuls dans la course. Ils ont, hélas, oublié qu'il s'agit d'un jeu, seulement un jeu pour s'amuser, rire, partager... Non, les deux garçons se comportent comme s'ils étaient seuls, avec leurs comptes à régler.

La joute est dure, serrée, rude. Emportés par le rythme endiablé, les autres membres des équipes suivent.

Parmi les spectateurs qui hurlent à fendre l'âme, Federico a pris place avec Luis. Dès le départ, il s'est étonné.

— Qu'est-ce qui se passe, demande-t-il à Luis, ils ne jouent pas dans la même équipe?

Luis est aussi surpris que Federico. Il hausse les épaules en signe d'ignorance. Non, il ne comprend pas lui non plus. L'équipe de Daniel marque un but.

Sur son cheval au galop, Daniel lève les bras en signe de victoire. Il frôle le cheval de Martin qui vient à sa rencontre. Martin tourne les yeux vers lui, mais déjà Daniel file à l'autre bout du terrain pour reprendre le ballon. Martin vire à son tour et le suit. Pendant un moment, les deux garçons se disputent durement le ballon, puis Daniel lance un regard furieux vers Martin qui a réussi à l'attraper.

Les spectateurs sont ravis, la joute est belle. Personne, à part Federico et Luis, n'a remarqué la compétition inhabituelle des joueurs. Les chevaux, animés par l'ardeur communicative de leurs cavaliers, font des merveilles de vitesse et d'agilité. Les buts sont marqués, l'un après l'autre. La foule crie...

Puis, c'est la fin... Les rouges ont gagné, c'est l'équipe de Daniel. L'animation sur le terrain cesse aussi brusquement qu'elle a commencé. La partie de *pato* est terminée. Les joueurs se sont retirés en bordure du terrain avec leurs chevaux. Ils les frottent, enlèvent les selles et échangent toutes les plaisanteries d'usage. Les gagnants paradent, les perdants fanfaronnent. «Attendez la prochaine, vous verrez! On vous aura!» On rit, on se bouscule. L'atmosphère est à la gaieté, mais une gaieté à laquelle ni Daniel ni Martin ne participent.

En fait, Daniel n'a même pas jeté un coup d'œil à Martin. Après la partie, il a filé vers l'écurie avec son cheval. Martin l'a regardé partir sans réagir. Il est triste, pensif. Son père s'est approché de lui et l'aide à desseller son cheval. Il l'observe avec attention.

— Tu es fatigué? demande-t-il à Martin.

— Non... ça va, répond Martin sans regarder son père.

Suivi de Martin, Luis ramène le cheval à l'écurie en silence. Puis, le travail terminé, ils s'engagent tous les deux dans le joli sentier du sous-bois qui mène à leur maison. Luis a passé son bras sur l'épaule de son fils avec une grande tendresse. Ils marchent ainsi un long moment tous les deux, puis Luis dit:

— Ç'a été un match plutôt dur, non?

— Ouais, dit Martin.

— Tu t'es vraiment défoncé, toi, hein?

— J'avais pas le choix! réplique vivement Martin.

Luis est surpris.

— T'avais pas le choix? Vraiment?

Martin hésite, cherche une explication.

— Ben, il faut y aller à fond... sinon ça vaut pas la peine.

La main de Luis serre doucement l'épaule de Martin.

— Qu'est-ce qu'il y a, Martin?

Martin soupire et murmure en levant la tête vers Luis:

— Je ne sais pas comment t'expliquer... C'est difficile...

Luis sourit chaleureusement.

— Tu n'es pas obligé de tout me dire.

À son tour, Martin sourit et hésite un instant.

— J'aimerais ça être capable de tout te dire...

Il hésite encore un long moment, puis ajoute:

—... À lui aussi, j'aurais dû lui dire. Mais je ne sais pas pourquoi, j'ai eu peur.

Luis hoche la tête et regarde son fils.

— Tu sais, Martin, il vient un moment où ça fait plus mal de se taire que de parler...

Martin se serre contre son père qui lui ébouriffe doucement les cheveux. Puis, tout à coup, un petit éclair blanc apparaît au bout du sentier. Damacia les a aperçus et elle court le plus vite qu'elle peut sur ses petites jambes pour venir les rejoindre. Sa jupe blanche danse autour d'elle. Luis a ouvert les bras et l'attrape en riant. Il la fait sauter au bout de ses bras. Elle est ravie et rit aux éclats. Martin sourit, apaisé, heureux d'être là et d'avoir une coquine de petite sœur et un père si chaleureux...

* * *

Felipe n'aime pas les parties de *pato*, c'est trop rude. Il est sorti et a trouvé Laura assise sous un arbre du jardin. Il vient vers elle et passe sa main dans la courte chevelure de Laura. Il fait une petite mimique, l'air de dire «c'est pas mal du tout, tu sais». Laura rit.

— Tu viens marcher avec moi? demande Felipe en la tirant par la main. Allez, viens, je vais te raconter une histoire.

Ce disant, Felipe s'est mis sur les mains et exécute une superbe culbute pour ébahir sa sœur. Il est tellement attendrissant, le petit Felipe, et un peu maladroit dans ses tentatives pour faire rire Laura. Elle se lève et lui tend la main.

— Bon d'accord, allons-y!

— Hourra! crie Felipe en sautillant à côté de Laura. Allons dans le bois!

Laura sait bien ce que ça veut dire. Les promenades dans le bois avec Felipe mènent toujours au même endroit: à son marais favori. Les enfants marchent dans les allées entre les longues rangées d'eucalyptus géants, plantés bien droit. Au moindre son, Felipe porte ses jumelles à ses yeux et ses exclamations de plaisir fusent. Il repère tous les oiseaux, les décrit, les imite de sa petite voix fluette. Tout à coup, il s'arrête et sans cesser de regarder à travers ses jumelles, il s'exclame:

— Laura, les flamants sont là!

À peine le temps de reprendre son souffle, puis il dit:

— Je vais te raconter l'histoire des flamants roses!

Laura sourit. Elle connaît bien ce conte argentin sur les flamants roses, mais Felipe en a tellement envie.

— D'accord, dit-elle, raconte.

Felipe prend sa voix sérieuse des grands jours. Il commence:

— Les animaux ont organisé un grand bal costumé et les flamants roses ne savent pas comment se déguiser. Ils font tous les magasins pour trouver des bas rayés rouges et noirs, mais ils n'en trouvent pas. À un moment donné, ils se retrouvent chez une vieille chouette...

Felipe a sauté sur une souche, les

mains serrées autour de sa bouche. Il
imite longuement le cri de la chouette:

— Hou... Hou...

Laura rit malgré elle.

—... et c'est elle qui leur vend des
bas rayés rouges et noirs. Mais elle les
informe qu'avec ces bas-là, il ne faut
jamais s'arrêter de danser parce que
ce serait très dangereux.

Évidemment, Felipe s'est aussitôt
mis à danser. Il pirouette sur lui-même, si bien que Laura entend à peine
la suite de l'histoire.

— En fait, c'est parce que les bas,
c'est des peaux de vipères que la

154

vieille chouette a tuées. En tout cas, annonce Felipe en arrêtant de danser, les flamants sont très contents. Ils mettent les bas et vont au bal. Tous les animaux sont déguisés, il y a de la musique et tout le monde danse. Les flamants n'arrêtent pas de danser. De loin, les vipères les regardent danser et les trouvent très beaux. Mais plus les vipères regardent les bas des flamants et plus elles trouvent que les bas ressemblent à des peaux de vipères...

Felipe s'arrête, à bout de souffle. Il baisse la voix.

— Il commence à se faire tard, les flamants sont très fatigués, de plus en plus fatigués. En fait, ils sont tellement fatigués qu'ils s'arrêtent de danser.

Felipe tombe de tout son long sur le tapis de feuilles.

— Devine ce qui est arrivé? demande-t-il d'une voix haletante.

— Aucune idée! dit Laura en riant.

— Eh bien, les vipères sont tellement furieuses qu'elles mordent les pattes des flamants... et ils crient, crient... Ils ont tellement mal aux pattes qu'ils courent jusque dans l'eau pour avoir moins mal...

Perché sur une patte, Felipe fait le pitre et Laura rit aux éclats.

— Et c'est depuis ce jour qu'ils se tiennent dans le marais sur une patte à la fois pour reposer l'autre, dit sentencieusement Felipe.

Laura a pris Felipe par la main et le ramène vers la maison. Quel merveilleux petit clown! En l'écoutant, Laura a tout oublié... même ses cheveux et Federico.

Chapitre 10

L'accident

Ce soir-là, Felipe est entré dans sa chambre pour y découvrir Daniel qui dort profondément, encore tout habillé. Il s'approche et lui enlève doucement ses bottes. Daniel ne bouge même pas, il est totalement épuisé. Felipe remonte la couverture de laine sur les épaules de son frère, éteint la lumière, puis se met au lit sans bruit.

*   *   *

Le lendemain, Daniel s'est réveillé plus que jamais décidé à reprendre ce qu'il considère sa lutte avec Fierro. Il n'a pas renoncé, c'est aujourd'hui qu'il va le monter. Si Martin peut le monter, lui aussi il le peut! Il réussit rapidement à amener Fierro dans le corral. Il entre en refermant soigneusement la barrière derrière lui. Cette fois, Fierro ne lui échappera pas. Mais Daniel est nerveux, ses gestes sont brusques. Il s'approche du cheval et lui passe la bride et les guides, puis l'attache solidement au pieu.

Daniel n'a qu'une obsession: réussir à monter Fierro. Il ne se rend pas compte qu'il communique sa nervosité au cheval. Fierro bouge sans arrêt. Daniel prend la selle et la pose rageusement sur le dos du cheval. Il boucle les sangles en grinçant des dents.

— T'avais pas le droit de te laisser monter par quelqu'un d'autre. Tu es à moi!

Daniel monte sur le cheval encore solidement attaché au poteau. Il ajuste ses pieds dans les étriers. Il ne tente même pas de calmer Fierro, qui devient de plus en plus nerveux.

Daniel n'a pas vu Martin qui vient au loin, monté sur son propre cheval.

Il se tient solidement sur Fierro qui piétine sans arrêt sur place. Contre toute prudence, avec un geste de défi, Daniel détache Fierro du pieu. Il se cramponne. Le cheval continue de marteler le sol.

— Tu vois bien! triomphe Daniel, tu es à moi!

Mais tout à coup, Fierro se rend compte qu'il n'est plus retenu au pieu. D'instinct, il tente de se débarrasser de son fardeau. Il se cabre. Ses pattes avant battent l'air furieusement. Daniel essaie désespérément de le maîtriser en tirant sur les guides, mais ses gestes brusques, fébriles, ne réussissent qu'à exciter Fierro davantage.

Soudain, Fierro recule et se pousse durement contre le pieu. Daniel n'a pas prévu le coup, il n'a pas le temps de se protéger. Sa tête heurte violemment l'énorme poteau.

Sans connaissance, Daniel glisse sur le côté du cheval, son pied gauche coincé dans l'étrier. Fierro saute, rue, s'agite pour se libérer de ce corps inerte qui lui pend sur les reins.

De loin, Martin a vu la scène. Il arrive au galop, saute de son cheval en

marche et bondit par-dessus la clôture. Sans perdre son sang-froid, il
empoigne les guides de Fierro et le
tient solidement pendant qu'il dégage
le pied de Daniel.

Il soulève son ami et s'aperçoit
avec horreur que le sang coule sur la
tempe de Daniel. Martin est paniqué.
Il secoue son ami en criant:

— Daniel! Daniel!

Le cheval, qui s'était retiré au fond
du corral, s'avance maintenant vers
Martin, qui lève les yeux vers lui. Il
est horrifié, bouleversé. Il hurle:

— Va-t'en! Va-t'en!

*   *   *

Pendant ce temps, près de l'écurie,
Federico est en train de ferrer un
cheval avec l'aide d'un employé. Ses
gestes sont précis, efficaces; sa longue expérience est évidente. Federico
travaille en silence. Ses mains s'activent, mais son esprit est ailleurs. Il
est préoccupé. Il n'a pas entendu Laura qui vient de s'approcher d'eux et
les regarde travailler. Il sursaute lorsqu'elle s'adresse à lui.

160

— Je peux te parler, grand-père?

Sans même se l'avouer, Federico est irrité par la présence de Laura. Il répond un peu trop sèchement en levant à peine les yeux vers elle.

— Ce n'est pas le moment.

— Ce n'est jamais le moment, proteste Laura. J'ai besoin de te parler maintenant.

Federico continue son travail sans répondre. Le silence se prolonge, s'alourdit, si bien que l'employé de Federico lève les yeux vers lui, mal à l'aise.

— Si vous voulez, je... commence-t-il en cessant de travailler.

Federico lui coupe la parole:

— On n'a pas terminé. Tu restes ici.

Laura a tourné les talons. Déçue, peinée, angoissée, elle se réfugie près du mur de l'écurie, à l'abri du regard de Federico. C'est de là qu'elle aperçoit Martin qui s'avance lentement à cheval, en tenant Daniel contre lui. Elle court à sa rencontre et s'arrête, pétrifiée, en voyant du sang sur la chemise de Daniel, dont la tête ballotte comme une poupée de chiffon sur l'épaule de Martin. Elle crie:

— Grand-père! Grand-père!

Federico s'est arrêté. Quelque chose qui ressemble à de la frayeur dans la voix de Laura lui a fait lever la tête. Il court vers l'écurie et aperçoit Daniel à son tour, inerte sur le cheval de Martin. Il arrive juste à temps pour prendre dans ses bras le corps de Daniel que Laura et Martin descendent du cheval. Il court vers la maison avec l'enfant.

Alertée par les cris de Laura, Anna arrive en courant sur la terrasse. Déjà, le père de Martin a garé la camionnette près de la maison.

Pendant que Federico dépose doucement Daniel sur le siège avant, Anna a mouillé une serviette qu'elle serre sur la tête du garçon. Elle est très inquiète. Elle pousse un soupir de soulagement lorsque Daniel ouvre enfin les yeux.

Federico a démarré le moteur.

– Je viens avec toi, dit Anna.

– Mais non, ça va aller, dit Federico. Daniel est un homme. Ne t'inquiète pas, je t'appellerai de la clinique.

Daniel et Martin échangent un bref regard. Les yeux de Martin sont pleins d'angoisse, mais le regard de Daniel est vide, sans expression. Martin détourne les yeux.

Déjà la camionnette s'éloigne sur la route poussiéreuse. Anna est atterrée. Doucement, Laura s'est rapprochée de Martin, sans savoir si elle cherchait un certain réconfort pour lui ou pour elle-même.

Personne ne parle. C'est l'attente angoissée, inconfortable qui s'installe. Les heures passent...

* * *

À la clinique, Daniel subit tous les examens sans broncher. Le médecin vient de faire le dernier point de suture sur la tête de Daniel et une infirmière fixe un large bandage sur la blessure sous le regard attentif de Federico. Les couleurs reviennent lentement aux joues de Daniel.

— L'entaille est sérieuse, explique le médecin à Federico, mais il n'y a pas de fracture. Il a eu beaucoup de chance d'avoir la tête aussi dure, ajoute-t-il en riant.

Soulagé, Federico éclate de rire.

— Oh oui... c'est de famille!

Pour la première fois, Daniel lève les yeux vers son grand-père. Une foule de sentiments contradictoires l'animent. Il hésite entre la déception d'avoir encore une fois raté son coup avec Fierro, le soulagement de se réveiller bien vivant et la pensée de Martin qui l'obsède.

Il suit Federico jusqu'à la camionnette. Ils roulent en silence depuis un long moment. Tout à coup, Federico met les freins, s'arrête au bord de la route, éteint le moteur. Daniel lui jette un coup d'œil intrigué. Federico ne parle pas. Il regarde devant lui, autour de lui. La plaine s'étend à perte de vue, légèrement dorée dans la lumière du jour qui s'achève. Les grands arbres et les buissons fleuris du jardin forment un écran mobile devant la maison. Le paysage est beau, calme, serein. Federico sourit et pose sa main sur l'épaule de Daniel. Il parle doucement, comme si les paroles s'échappaient une à une de sa mémoire, de son cœur.

— Regarde, Daniel. C'est l'endroit où je suis né, où j'ai grandi... Jamais il ne me serait venu à l'idée que j'irais, un jour, vivre ailleurs.

Il hésite un moment puis continue:

— Quand j'étais enfant, je pensais que personne ne pouvait se sentir malheureux sur cette terre...

Daniel écoute. Il suit des yeux un héron qui vient de prendre son envol et passe devant la camionnette.

—... Je n'ai jamais compris pourquoi ton père a choisi le dessin pour gagner sa vie.

Daniel murmure, doucement, sans cesser de regarder au loin:

— Il aime ça...

— Oui, sans doute, dit Federico, un moment dérangé dans ses pensées.

Puis sa voix s'anime, il regarde Daniel et sourit.

— La première fois que tu es venu à l'*estancia*, tu avais trois ans à peine. Je me rappelle un après-midi, tu avais disparu... On t'a cherché partout...

Federico a un éclat de rire.

— J'ai fini par te retrouver dans le box d'Apollo... c'est le cheval que je montais à l'époque.

Daniel sourit à son tour.

— Je ne m'en souviens pas.

Comme s'il n'avait pas entendu la

remarque de Daniel, Federico poursuit:

— Ce jour-là, j'ai compris que tout ça allait t'appartenir un jour. À toi... et à tes fils, comme le domaine a appartenu à nos ancêtres depuis presque deux cents ans.

Daniel n'a pas bougé. Son regard est grave et songeur. Confusément, il sent sur ses épaules le poids des attentes et des espoirs que son grand-père a mis en lui. Pour la première fois, il a l'impression que dresser Fierro n'est pas seulement un jeu auquel il doit gagner. Pour la première fois de sa vie, Daniel se sent responsable du bonheur de quelqu'un.

Les pensées cognent dans sa tête, alors que Federico remet le moteur en marche.

*   *   *

Couché dans son lit, ce soir-là, Daniel ne dort pas. Felipe non plus, d'ailleurs. Il réfléchit très fort. Soudain, il murmure:

— Daniel?
— Quoi?

– Dors-tu?

– Non, qu'est-ce que tu veux?

Felipe ne sait trop comment poser sa question. Il tourne dans son lit.

– Je me demande... C'est quoi un héros?

Un peu surpris par la question de Felipe, Daniel hésite, réfléchit.

– C'est quelqu'un qu'on admire, parce qu'il gagne tout le temps.

– Penses-tu que c'est possible dans la vraie vie?

– Je ne sais pas.

Felipe fait la moue.

– Ça doit être épuisant! s'exclame-t-il en tournant la tête vers la porte de chambre qui vient de s'ouvrir.

– Ah, Laura! dit-il en voyant sa sœur vêtue d'une longue chemise de nuit blanche.

Felipe s'assied tout droit dans son lit.

– Je t'ai pris pour un fantôme!

Laura sourit et se dirige vers Daniel.

– Ça va? demande-t-elle en passant doucement sa main sur les cheveux blonds qui dépassent du bandage.

Daniel sourit en faisant signe que oui.

— Je peux dormir ici, avec vous? demande Laura.

— Ah oui! s'exclame Felipe en se tassant aussitôt au fond de son lit pour lui faire une place.

Taquin, il regarde la tête de Laura sur l'oreiller blanc et lui embroussaille allègrement les cheveux.

— C'est bien, hein? Je ne peux plus te tirer les cheveux!

Laura et Daniel rient de bon cœur.

— Je n'avais pas pensé à ça! s'exclame Laura.

— Tu sais quoi? dit Daniel sur un ton admirateur, je n'aurais jamais pensé que tu serais capable de faire ça.

— Moi non plus! rétorque Laura.

Soudain, Felipe laisse échapper un pet sonore. Daniel est pris d'un fou rire incontrôlable. Felipe se dresse sur son coude et le regarde, bouche bée.

— Qu'est-ce qui se passe de si drôle?

C'est l'explosion, l'euphorie! Felipe se tient les côtes à deux mains. Chaque fois que les enfants se regardent, ils repartent de plus belle. Ce grand rire qui les envahit, les submerge, vient petit à petit dissiper les émotions vives des derniers jours. Ils s'endorment, l'un après l'autre, avec de grosses larmes rondes sur les joues, ne sachant plus très bien si elles sont de plaisir, d'angoisse ou de soulagement.

Dehors, la lune brille. Le vent joue légèrement dans les branches des grands arbres. Une étoile filante traverse le ciel. Les trois enfants n'ont rien vu... ils dorment.

Chapitre 11

La grande colère de Laura

Le jour s'est levé. Le ciel est beau, clair, limpide. Aucun nuage ne trouble les rayons du soleil.

Dans la cuisine, Martin est assis à contre-jour, il berce bébé Rose. Il ne voit ni le soleil ni le ciel sans nuage par la fenêtre grande ouverte. Il est triste, songeur. Il n'a pas vu Daniel qui vient d'arriver et qui le regarde en silence, depuis l'encadrement de la porte. Il sursaute lorsque Daniel fait un pas à l'intérieur, en faisant craquer le parquet. Martin rougit, surpris. Les deux garçons se regardent un long moment, mal à l'aise. Puis, Martin finit par demander:

— Comment te sens-tu, Daniel?

— Ça va... répond Daniel à voix basse.

Un court moment de silence, puis Martin ajoute, cherchant ses mots:

— J'aimerais ça... Je ne sais pas comment te dire...

Daniel l'interrompt:

— Ça va, Martin, je le sais.

Martin se lève et, tenant toujours bébé Rose dans ses bras, il vient rejoindre Daniel. D'un commun accord, sans se concerter, les deux garçons sortent dans le jardin.

Ils marchent ensemble, l'un près de l'autre, sans parler. Le bébé s'agite un peu dans les bras de Martin, mais sans s'éveiller. Les garçons échangent un sourire timide. Sans regarder son ami, Martin demande:

— Tu m'en veux, hein?

Daniel ne répond pas. Il regarde au loin dans la plaine, droit devant lui. Les garçons marchent en silence.

— Moi aussi, à ta place, je serais fâché, murmure enfin Martin.

Daniel s'arrête et regarde longuement Martin, comme pour essayer de comprendre.

— Pourquoi tu ne m'as rien dit, Martin?

Martin tente d'expliquer.

— J'avais commencé à le dresser avant que tu arrives. J'espérais que Federico me le donnerait... que toi, tu en choisirais un autre que tu pourrais dresser.

— Mais quand je l'ai vu, à la rivière, tu aurais pu tout me raconter, coupe Daniel.

— J'ai voulu te le dire, explique Martin, mais tu n'écoutais pas, tu étais...

— Ouais... je sais.

— Comment t'aurais réagi? demande Martin.

Daniel ne répond pas. Il réfléchit. Il ne sait pas.

— Écoute, Daniel, je ne monterai plus jamais Fierro, dit Martin d'une voix douce.

Daniel s'est tourné vers Martin. Sans le regarder, il tend les bras vers la petite et la prend dans ses bras. Elle grimace un peu, ouvre les yeux et regarde Daniel, qui lui plante un baiser sur la joue. Ils rient.

— C'est vrai qu'elle est belle, dit Daniel.

Puis il regarde Martin et sourit.

— De toute façon, j'aurais dû y penser, c'est logique que Fierro soit à toi. Ce n'est pas pour rien qu'un de nos plus grands héros argentins s'appelle Martin Fierro!

Martin rit.

Soudain, ils entendent le troupeau de chevaux qui galope dans la plaine. Les deux garçons tournent la tête en même temps et aperçoivent deux hommes à cheval qui encerclent Fierro et lui passent un licou. Ils l'entraînent vers le corral et referment la barrière sur lui.

Daniel regarde Martin, surpris. Puisque Martin a commencé à le dresser, pourquoi les hommes l'amènent-ils au corral? Martin répond à la question muette de son ami.

— Je n'en ai parlé à personne...

Les garçons reviennent lentement au jardin avec bébé Rose. Ils se sourient sans rien dire. Martin ne sait pas que Daniel aussi a pris une grave décision.

* * *

Le lendemain matin, Anna et Felipe sont attablés devant leur petit déjeuner lorsque Federico arrive du village. Il s'installe à table en dépouillant le courrier. Solennel, il tend une lettre à Felipe, qui rougit de plaisir. C'est Isabelle qui lui répond. Tante Anna sourit.

Daniel entre à son tour et prend place à côté de Federico. Il dit aussitôt sans regarder son grand-père:

— T'as fait amener Fierro?

— Oui, répond Federico. J'ai pensé qu'il te serait plus facile de le dresser ici.

Daniel ne répond pas. Il mange en silence, l'air songeur. Federico se méprend d'ailleurs sur le silence de Daniel. Il le rassure.

— Tu n'as pas à le monter tout de suite. Repose-toi encore un peu, tu continueras demain.

Federico boit son café, regarde ses journaux.

— Je ne veux pas le monter demain, dit Daniel, tout bas, le nez dans son assiette.

174

Federico n'interrompt même pas la lecture de son journal. C'est bien normal que son petit-fils se repose un peu après ce fâcheux accident.

— Bien sûr, prends le temps que tu voudras, dit-il.

Daniel lève les yeux brièvement vers tante Anna, puis il ajoute d'un ton ferme:

— Je ne le monterai plus.

Federico ouvre la bouche, interloqué. Il regarde Daniel sans comprendre.

— Qu'est-ce que tu veux dire?

— Je ne veux plus le monter.

— C'est à cause de l'accident? Tu as peur?

Daniel soutient le regard de son grand-père sans broncher.

— Non, ça n'a rien à voir.

— Eh bien, explique-toi.

— Il n'est pas pour moi.

Federico s'est levé. Son visage s'est durci. Quoi? Son propre petit-fils renoncerait si facilement? Au premier petit accident? Il n'en croit pas ses oreilles.

— Je ne comprends pas, Daniel, dit-il en fixant le jeune garçon. C'est toi qui l'as choisi! Si ce n'est pas de la peur, c'est quoi? De la lâcheté?

Daniel a pâli sous le coup de l'insulte. Tante Anna a bondi.

— Federico! lance-t-elle d'un ton de reproche.

Mais Federico n'entend pas Anna. Il fixe Daniel.

— Tu ne peux pas comprendre, commence Daniel, j'ai essayé...

Federico le coupe, cinglant.

— Oui, t'as essayé. C'est ça... et au premier obstacle, tu t'avoues vaincu!

Daniel hausse le ton, à la fois furieux et désarçonné par la réaction de grand-père.

— Écoute, c'est pas grave, j'en monterai un autre.

— Ah ça, c'est facile! dit Federico avec un sourire ironique.

Daniel baisse la tête. Sa voix tremble. Il murmure:

— Non, ce n'est pas facile...

Un silence de plomb pèse sur la salle à manger. Personne n'ose intervenir. Felipe implore son grand-père du regard. Federico s'est levé de table. Il s'appuie au cadre de la porte qui mène à son bureau. Il fixe durement Daniel et siffle entre ses dents sur un ton méprisant:

— Tu me déçois, Daniel. Tu me déçois beaucoup plus que tu ne l'imagines.

Personne n'a vu ni entendu Laura qui est entrée par la porte de la cuisine. En silence, elle a suivi toute la scène. Ses yeux vont de Daniel à Federico. Sa rage et son indignation montent. Aux dernières paroles de Federico, elle explose.

— De quel droit tu lui dis ça? Tu ne sais pas ce qui s'est passé!

Coup de tonnerre! Tout le monde s'est tourné vers Laura, Federico le premier. Il voit rouge.

— Je ne t'ai rien demandé, toi! crie-t-il à Laura.

Mais Laura n'attend même pas qu'il referme la bouche. Elle crie:

— Ça ne fait rien! Moi, je vais te dire quand même ce que j'ai à te dire!

Anna a levé la main vers Federico en signe d'apaisement. Elle dit d'une voix ferme:

— Federico, calme-toi. Tu ne vas pas faire une histoire pour un cheval?

Federico n'entend rien. Il est hors de lui, comme si tout d'un coup il perdait tous les espoirs qu'il avait mis en Daniel, de même qu'il avait perdu déjà ceux qu'il avait mis en son propre fils. Qui, sinon Daniel, prendrait un jour l'*estancia*? Federico ne raisonne plus.

D'un homme normalement sensé, réfléchi, Federico s'est soudainement transformé en un volcan d'émotions qu'il ne contrôle plus et qu'il ne sait même plus reconnaître. Il lance un regard furibond vers Anna.

— C'est à Daniel que je parle!

Puis il se tourne de nouveau vers Daniel, qui n'a pas bougé.

— Écoute, Daniel, tu as le choix... ou tu t'imposes, ou tu te soumets. Je ne te permettrai pas d'abandonner, tu vas continuer!

Les paroles de Federico sont tombées comme une pierre. À peine une seconde de silence que vient rompre aussitôt un immense fracas de verre brisé.

Rouge de colère, Laura a saisi une énorme potiche de porcelaine sur le bahut de la salle à manger et l'a lancée de toutes ses forces sur le parquet. Tout le monde la regarde, paralysé de stupeur. Même Federico s'est tu.

— J'en ai assez! hurle Laura. Écoute-moi! dit-elle en s'avançant vers Federico.

Elle se tient droite devant lui, les poings fermés, et le regarde avec colère. Sa voix est claire, stridente, menaçante.

— Personne ne t'a jamais dit ce que tu faisais? Eh bien moi, je vais te le dire. Tu casses tout! Tu détruis tout! Tu nous aimes comme les chevaux que tu dresses: à la seule condition qu'on t'obéisse au doigt et à l'œil! Et nous, alors? Et ce qu'on a envie de faire, nous? Tu ne veux surtout pas le savoir. Chaque fois que je veux te parler, tu t'en vas, tu es toujours trop occupé.

Laura ne s'arrête même pas pour reprendre son souffle. Son visage est ruisselant de larmes, sa voix se brise à peine. Elle ajoute sur un ton de rage et de désespoir:

— On pourrait être heureux ensemble, mais toi, tu ne sais pas ce que ça veut dire. Je ne sais pas pourquoi tu es comme ça. En tout cas moi, j'en ai assez. Je ne l'accepte plus! Je ne le supporte plus!

Laura s'est tue, épuisée. Une ombre de menace plane sur la pièce. Les dents serrées, Federico n'a pas quitté Laura des yeux. Il est blême. Malgré le regard implorant de tante Anna, il dit d'une voix sourde, en détachant ses mots:

— Je ne le supporte plus moi non plus, figure-toi. Tu fais tes bagages et tu pars demain matin.

Federico ne voit plus, n'entend plus, ne peut plus réfléchir. Seule la colère le submerge. Il montre la porte à Laura.

— Je t'interdis de sortir de ta chambre jusqu'à ton départ. Tu retournes en ville!

Felipe n'a pas quitté son grand-père des yeux. Sur son petit visage passent la crainte, le chagrin et peut-être une certaine intuition. Il murmure tout bas:

— En ville, oui, comme grand-mère...

Seul Federico l'a entendu. Il lance à Felipe un regard étrange dans lequel se lisent à la fois la surprise et l'émotion. Incapable de réagir, il sort brusquement en faisant claquer la porte derrière lui.

Il se dirige aussitôt vers l'écurie. Il monte un cheval et le lance au galop dans la plaine. Il ne voit rien, n'entend rien. Il se laisse emporter, grisé par la vitesse qui l'empêche de penser.

* * *

Dans la salle à manger, la consternation règne. Il n'y a rien à dire, rien à expliquer. Les cœurs sont trop lourds. Chacun quitte la pièce, seul avec ses pensées.

Daniel sait très bien où il va. D'un pas ferme, il se dirige aussitôt vers le corral où est enfermé Fierro. Il ouvre toute grande la barrière au moment où Martin sort de l'écurie. Martin a tout de suite compris. Il court vers Daniel et tente de refermer la barrière au moment où le cheval va s'échapper.

— Qu'est-ce que tu fais? crie Martin.

— Ça ne se voit pas? répond Daniel

en luttant avec Martin pour ouvrir la barrière. Je le relâche!

– Arrête, Daniel!

Les deux garçons luttent pendant un moment, puis Daniel s'arrête, à bout de souffle. Il regarde Martin droit dans les yeux, puis annonce calmement:

– Je ne veux plus jamais le monter.

Martin est abasourdi.

– Mais pourquoi? demande-t-il.

– Tu ne vas pas commencer, toi aussi? s'exclame Daniel, agacé.

Il se radoucit aussitôt devant l'air ahuri de Martin, qui ne comprend manifestement pas la remarque de Daniel.

– Laisse faire... dit-il.

Martin insiste:

– Je sais que tu l'aimes, Daniel. La première fois que tu l'as vu, tu l'as voulu aussitôt. Si c'est à cause de moi que tu ne le veux plus, il restera toujours quelque chose entre nous deux... Il ne faut pas.

Daniel est silencieux. L'argument de Martin l'a touché.

– T'es seulement allé trop vite avec lui, reprend Martin. Tu vas voir, je vais t'aider.

Cette fois, Daniel réagit. Encore un autre qui pense qu'il a peur!

— J'en veux pas de ton aide, crie-t-il à Martin, qui comprend de moins en moins. J'ai besoin de personne, tu entends?

Martin proteste, mais Daniel donne un grand coup de pied rageur dans la barrière. Effrayé, Fierro recule en hennissant au fond du corral...

*   *   *

Le temps est à l'orage. Il fait lourd. À l'horizon, les nuages s'amoncellent, mais personne n'a levé la tête vers le ciel. Personne ne s'en est rendu compte.

Sans joie, inquiète, tante Anna a préparé le repas du soir. Elle place les couverts sur la table au moment où Felipe passe sous la tonnelle. Machinalement, elle l'appelle:

— Felipe, on mange. Va chercher les autres, tu veux?

Comme délivré de l'inactivité de cette longue journée, Felipe ne se fait pas prier. Il part en courant vers sa chambre, passe la tête dans l'embrasure de la porte entrouverte et voit

Daniel qui, assis sur son lit, regarde le ciel noir par la fenêtre. La pluie a commencé à tomber.

— On mange! dit Felipe.

— Grand-père est là?

— Il vient d'arriver.

Il continue sa course sous la tonnelle et frappe à la porte de Laura. Pas de réponse. Felipe ouvre.

— Laura, on...

Mais les mots restent collés à ses lèvres. La chambre est vide! Felipe est encore figé lorsque Daniel s'approche pour découvrir à son tour que Laura n'est pas là. Les deux garçons échangent un regard inquiet, puis se dirigent lentement vers la salle à manger.

Il pleut maintenant à torrents. Les garçons entrent et prennent place à table. Federico est déjà là, silencieux, taciturne.

Anna commence à servir, puis lève les yeux vers Felipe.

— Et Laura? demande-t-elle.

Felipe hésite un instant, regarde Daniel puis répond à voix basse:

— Elle dit que... elle n'a pas faim.

— C'est pas possible! s'exclame Anna. Elle n'a rien mangé de la journée.

Seul le bruit agaçant des fourchettes qui grincent dans les assiettes se fait entendre. Federico mange en silence. Soudain, il se tourne vers Daniel.

— Tu as réfléchi?

Felipe regarde Anna, qui a eu un geste de protestation. «Ça ne va pas recommencer!» disent les yeux de Felipe. Mais sagement, Anna renonce à intervenir auprès de son frère. Ce n'est pas le moment. Elle se contente d'adresser à Felipe un sourire d'encouragement.

Federico regarde Daniel qui finit par répondre:

— Oui, j'ai réfléchi.

— Et alors, tu as changé d'idée?

— Non, je n'ai pas changé d'idée, annonce Daniel en regardant Federico droit dans les yeux.

Federico fige aussitôt. Son visage se durcit, mais il ne dit rien. Anna a pris l'assiette de Laura et commence à la remplir. Federico est furieux, car il a compris qu'Anna veut porter l'assiette de Laura à sa chambre. Il proteste d'un ton sec:

– Anna!

Mais Anna continue de remplir l'assiette, comme si elle n'avait rien entendu. Elle ne lève même pas les yeux sur son vieil entêté de frère. Son visage est impassible. Tout à coup elle sent, plus qu'elle ne voit, deux petites mains qui s'agitent devant ses yeux. C'est Felipe qui lui fait des signes. Elle le regarde, intriguée, sa cuillère à mi-chemin entre le plat de service et l'assiette de Laura. À son tour, Federico suit le regard d'Anna et voit Felipe qui continue ses mimiques. Sous le regard de grand-père, Felipe se transforme aussitôt en statue. Ses mains s'immobilisent, sa bouche reste ouverte.

Federico a compris qu'il se passe quelque chose. Il est furieux. Il se lève et sort de la pièce sans dire un mot.

– Tu veux me dire ce qui se passe ce soir, Felipe? s'exclame tante Anna.

– Laura est partie, répond Felipe.

Ses paroles tombent comme des pierres dans l'eau calme du marais.

– Elle est allée se cacher. Je la connais, elle va revenir, rassure Daniel, à moitié pour se convaincre, à moitié pour convaincre tante Anna.

Felipe hoche la tête. Il en doute, mais il n'a pas le temps d'exprimer ses pensées, Federico revient, sa chemise trempée par la pluie. Sans dire un mot, il s'assied et se remet à manger.

Anna a suivi tous ses gestes. Elle ne l'a pas quitté des yeux. Dans son regard, il y a de l'inquiétude, du reproche et un début de colère. Federico soutient son regard comme pour la défier de dire quelque chose.

— Passe-moi la viande, dit-il sans détourner les yeux.

Anna hésite un moment, puis lui passe le plat en silence. Jamais un repas ne s'est terminé aussi rapidement. Aussitôt leur dernière bouchée avalée, Federico et les garçons sont sortis de table. Tandis que le vieil homme s'enferme dans le salon, Daniel court à sa chambre, attrape un épais poncho et ressort aussitôt. Anna n'a même pas pris le temps de desservir la table. Elle jette un imperméable sur ses épaules et traverse le salon à pas rapides.

— Où vas-tu? demande Federico.

— Chez Luis!

Federico s'est levé d'un bond.

— Il n'en est pas question. C'est une affaire de famille.

Anna s'arrête et revient lentement vers lui. D'une voix très calme, très posée, elle dit:

— Alors, fais quelque chose!

Federico regarde droit devant lui, sans répondre. Dans son vieux cœur, il livre un combat avec lui-même.

— De quoi as-tu peur, Federico? demande doucement Anna en s'approchant de lui.

Elle s'agenouille près du fauteuil de Federico et pose sa main sur son bras. Elle le regarde un long moment. Sa voix est calme, rassurante. Elle lui parle comme s'il était encore son jeune frère de jadis.

— Tu sais, tu n'es qu'un vieil imbécile, mon petit frère. Un merveilleux vieil imbécile. Il y a des jours où je voudrais avoir la force de botter ton vieux derrière d'entêté. Je te rappelle que j'ai été témoin de beaucoup de choses dans ta vie. Et tu vois, au fond, ce qui m'a toujours fait très mal, c'est que tu n'aies jamais voulu admettre

que tu étais malheureux.

Elle s'arrête un instant, esquisse un sourire, puis ajoute:

–... comme si tu ne le savais pas...

Pour la première fois depuis des années, Federico écoute Anna. Il l'écoute et, ce qui est plus important encore, il accepte d'entendre ce qu'elle a à lui dire. Et comme elle l'a si bien dit, il sait très bien... Il sait qu'il s'est construit au cours des années une belle façade d'homme inattaquable, fort, sûr de lui, insensible aux sentiments. Il n'est pas un homme à s'apitoyer sur son sort, ni sur celui des autres d'ailleurs. Et il en est fier. Mais ce soir, imperceptiblement, quelque chose craque en lui. Sans même s'en rendre compte, il entrouvre légèrement la porte de son cœur.

Quelque chose monte à ses yeux qui ressemble à des larmes.

Anna l'observe. Elle le regarde se battre contre lui-même et la douleur de Federico l'émeut. Elle murmure:

— Combien de fois j'ai eu envie de te crier que tu te trompais, que tu avais tort! Federico, arrête de te faire mal... et de faire mal à ceux qui t'aiment... et que tu aimes.

Federico ne sait pas quoi répondre. Il ferme les yeux comme s'il s'était endormi. Anna le regarde un moment, puis lui touche le bras en signe d'encouragement. Elle serre son imperméable autour d'elle et sort à la recherche de Laura.

Pendant ce temps, Daniel est allé tout droit à l'écurie. Fierro est là, attaché dans un box, mais Daniel ne lui accorde même pas un regard. Il selle son cheval et s'engage dans l'allée du jardin en passant devant la maison de Martin. Il emprunte le chemin qui mène aux ruines.

Martin a entendu le hennissement du cheval. Étonné que quelqu'un se balade à cheval par une soirée pareille, il court à sa fenêtre, juste à temps pour apercevoir Daniel qui s'éloigne dans le sous-bois. Martin ne comprend pas. Qu'est-ce que Daniel peut faire dehors? À cette heure et sous une pluie torrentielle? Martin court aussitôt vers l'écurie, commence à seller son cheval, puis il aperçoit Fierro qui, par un étrange mouvement de sa tête, semble l'inviter à le monter. Il hésite un instant, puis pose la selle sur le cheval sauvage. À son tour il sort sous l'orage et suit le chemin que vient d'emprunter Daniel.

Le tonnerre gronde. Le ciel est déchiré par de violents éclairs qui, soudainement, illuminent le bois comme en plein jour. Daniel suit toujours le sentier qui mène aux ruines. Il ne voit pas à deux mètres devant lui. Soudain, son cheval s'arrête brusquement. Une énorme branche tombée au beau milieu du sentier lui barre la route. Daniel descend de cheval et, sous la pluie aveuglante, il cherche un moyen de passer. Hélas, il a lâché les guides de son cheval qui, affolé par un nouveau coup de tonnerre, s'échappe et retourne au galop vers l'écurie. Daniel est seul, trempé jusqu'aux os, désemparé, ne sachant trop s'il doit rebrousser chemin ou continuer à pied jusqu'aux ruines.

Plus loin derrière, Martin aussi est descendu de son cheval. Il tient Fierro par les guides et, à l'aide de sa lampe de poche, il cherche des traces de sabots sur le sol, mais la pluie diluvienne a tout détrempé. Martin marche encore pendant un long moment, puis il repère enfin quelques pistes sur le sentier des ruines. Daniel est sûrement parti dans cette direction, mais pourquoi? Martin a sauté de nouveau sur Fierro. Il avance péniblement sous la pluie, l'œil aux aguets. Il cherche un signe de la présence de Daniel. Soudain, il aperçoit une silhouette informe au loin. Quelqu'un marche sur le sentier. Ça ne peut être que son ami. Martin crie:

— Daniel!

Mais sa voix se perd dans les

bruits de l'orage. Il avance toujours en criant. Martin n'est plus qu'à quelques mètres de lui lorsque Daniel se retourne enfin. Un sourire de soulagement éclaire son visage.

— Viens! lui dit Martin en lui tendant la main.

Daniel hésite, il a reconnu Fierro. Mais l'heure n'est pas aux questions inutiles. Il saute derrière Martin et bientôt, montés ensemble sur Fierro, les deux garçons arrivent aux ruines...

* * *

Après le départ d'Anna, Federico est resté seul un long moment. L'angoisse et l'inquiétude le rongent au sujet de Laura, mais il se sent incapable d'intervenir. La pluie frappe rageusement les carreaux de la fenêtre. Il entend la voix d'Anna qui appelle Laura dans les pièces de la maison, puis dans le jardin. Elle se dirige vers la remise. Federico réfléchit... Daniel sait certainement où elle est. Brusquement, il se lève et va à la chambre des garçons pour constater aussitôt que Daniel non plus n'est pas là...

Felipe est seul.

— Où est-ce qu'ils sont allés? demande Federico d'une voix sourde.

— Je vais t'amener, répond Felipe.

Federico acquiesce en silence. Il suit des yeux le petit Felipe qui enfile sa grosse veste cirée au moment où Anna arrive à son tour. Elle échange avec Federico un long regard qui est à la fois interrogateur, inquiet et plein d'espoir, mais Federico détourne les yeux.

— Dépêche-toi, je t'attends dehors, crie-t-il à Felipe en sortant.

— Il faut prendre la camionnette, dit Felipe.

Anna aide Felipe à enfiler ses bottes, puis le prend tendrement dans ses bras.

— Dis-moi, ils sont allés aux ruines? Elle est allée là-bas, n'est-ce pas? demande-t-elle.

— Oui, dit Felipe avec un sourire rassurant. Surtout, ne t'inquiète pas.

Il l'embrasse et court rejoindre Federico, qui a déjà mis la camionnette en marche.

— Où est-ce qu'on va? demande-t-il en aidant Felipe à monter sur le siège à côté de lui

— Aux ruines, répond Felipe d'un ton neutre en regardant son grand-père droit dans les yeux.

Un moment, Federico a figé. Il ne sait plus si c'est la surprise, la colère ou les souvenirs pénibles qui l'envahissent. Felipe attend. Puis Federico se ressaisit et démarre en direction des ruines. Mais ils arrivent eux aussi à la lourde branche en travers du chemin. Federico tente de contourner l'obstacle, mais la camionnette s'embourbe. Ils n'ont plus le choix, ils doivent continuer à pied.

L'eau dégouline sur la grande cape noire cirée de Federico, qui tente de protéger Felipe du mieux qu'il peut. Ils arrivent enfin aux ruines, près des vieux murs à moitié effondrés.

L'orage s'est adouci quelque peu, mais au loin le tonnerre gronde toujours. Daniel ne sait pas s'il doit s'étonner ou se réjouir de la venue de Federico. Il ne sait pas si sa présence va arranger ou envenimer les choses. Pourtant, il sait aussi qu'il est le seul que Laura veut voir.

À l'intérieur, sous un pan de toiture à moitié écroulé, les enfants ont allumé un feu pour se sécher. Federico voit la lueur des flammes qui se reflètent sur le mur. Ce feu qui évoque tant de souvenirs. Felipe interrompt ses rêveries.

— Viens, ils sont là.

Federico penche la tête. Il le sait bien... Il entre dans les ruines et aperçoit aussitôt Laura qui est assise par terre, enveloppée dans une couverture. Elle fixe le feu en silence.

C'est la première fois depuis de nombreuses années que Federico entre dans ces ruines. Il voit le coffre de Laura, à terre à côté d'elle.

Il remarque sa photo, à lui, qu'elle a piquée au mur. Il note ici et là mille petites choses qui indiquent que Laura a pris possession des lieux depuis longtemps. Lentement, il vient s'asseoir près d'elle. Seul le crépitement du feu vient troubler le silence. Federico reste longtemps à regarder ces flammes qui éclairent, qui réchauffent et qui rougissent les joues de Laura. Puis, d'une voix lasse, il demande:

— Qu'est-ce qui s'est passé, Laura?

Laura n'a pas levé la tête. Elle murmure:

— Eh bien, je veux seulement savoir pourquoi tu ne m'aimes plus...

La question de Laura est simple, directe. Les enfants regardent Federico, sauf Laura qui attend en fixant toujours le feu. Puis, doucement, la main de Federico vient se poser sur la nuque de Laura. Elle tourne la tête vers lui.

— Je veux seulement que tu m'aimes comme avant... Chaque fois que je m'approche de toi, tu t'éloignes comme si j'avais la peste...

La voix de Laura se brise, comme si l'effort avait été trop grand. Il y a des sanglots dans sa gorge.

— Qu'est-ce que j'ai fait? Qu'est-ce que je t'ai fait? Je veux savoir...

Federico a resserré son bras autour des épaules de Laura. Il l'attire contre lui, la berce en caressant ses cheveux courts. Laura pleure en silence.

— Dis-moi ce que j'ai fait...

Felipe se rapproche du feu. Il s'assied face à Federico et le regarde intensément, comme s'il voulait l'aider, l'encourager.

Federico commence à parler, lentement, avec hésitation, en cherchant les mots au plus profond de lui-même.

— Laura... Laura... Ce n'est pas ta faute. Tu n'y es pour rien, je t'assure.

Daniel et Martin se sont approchés du feu eux aussi. Ils s'installent avec précaution à côté de Felipe pour ne pas troubler le silence.

Les sanglots de Laura s'apaisent, sa tête est appuyée sur la poitrine de Federico.

La voix de ce dernier est rauque lorsqu'il recommence à parler.

— Il y a longtemps... Combien? Je ne sais plus. J'ai aimé une femme... elle était belle. Je l'aimais énormément, je voulais l'entourer, la protéger... Elle m'aimait aussi, mais elle avait besoin d'espace, de liberté... Moi, j'étais aveugle. Disons que je ne voulais rien voir.

Federico se tait un long moment, perdu dans ses souvenirs.

— J'ai exigé beaucoup trop d'elle. Comme de toi, Daniel. Je suis devenu jaloux, possessif.

Il réfléchit, cherche ses mots.

— Un jour, elle est partie. Et ça m'a fait très, très mal. À tel point que j'ai mis le feu à cette maison que j'avais construite pour elle. Puis, je me suis mis à travailler, travailler comme un fou pour l'oublier. Le domaine a prospéré. Mais moi?

Les derniers mots de Federico se sont perdus dans un petit rire triste. Il se tait. Il ramasse une branche qu'il jette dans le feu. Il la regarde longtemps brûler en silence. Les enfants l'observent, émus. Federico recommence à parler sans lever la tête.

— Elle est morte deux ans plus tard. Je n'en ai jamais parlé. Personne n'a su, sauf Anna, votre père et... toi, petit voyou, dit-il en regardant Felipe.

Felipe sourit à son grand-père pendant que les autres le regardent, un peu étonnés.

— C'était grand-mère? demande Daniel.

Federico fait signe que oui. Il se tourne vers Laura et la regarde un long moment avant de poursuivre:

— Chaque fois que je te regardais, Laura, c'est elle que je voyais. Je te voyais bouger, rire... et c'était elle qui bougeait, qui riait... J'ai eu peur.

Laura est émue. Un grand soulagement l'envahit. Elle ne pouvait pas savoir que tout à coup, parce qu'elle est presque devenue une jeune fille, elle rappelle à son grand-père, par sa seule présence, toute une série de souvenirs pénibles qu'il s'efforce d'oublier depuis toujours. Elle ne peut pas savoir qu'elle a fait remonter à la mémoire de Federico toutes ces choses qu'il n'a jamais su dire à personne et que, justement parce qu'il n'a pas su les dire, il a semé la confusion chez ceux qu'il aime, parce qu'ils se sont imaginé autre chose qui n'existait pas.

— Et maintenant? demande Laura à Federico, tu as encore peur?

Federico réfléchit un instant.

— Je n'en sais rien, finit-il par répondre.

L'orage s'éloigne. Le roulement du tonnerre se fait plus lointain, plus sourd. Le feu crépite toujours devant Federico et les enfants. Federico est perdu dans ses rêves.

— Grand-père, nous, on est avec toi, tu sais, murmure Felipe.

Federico sourit.

— Oui, je sais.

Personne ne fait mine de remarquer que des larmes coulent sur le visage ridé de Federico. Des larmes qui le surprennent lui-même parce que ses joues n'en ont pas senti la chaleur depuis tellement d'années.

Daniel et Martin se regardent et Martin serre le bras de Daniel comme pour lui communiquer la chaleur de son amitié.

Puis, venant de nulle part, un long son étrange... Une voix de loup qui hurle au loin dans la plaine. Un moment de stupeur lorsque les autres s'aperçoivent que, mains collées à sa bouche, c'est Felipe qui hurle à la lune. Le visage de Daniel s'éclaire et il reprend le son à son tour. Martin se met de la partie.

Federico et Laura se regardent, sourient, puis éclatent de rire. Ils se joignent, eux aussi, au concert des loups.

Autour du feu qui pétille, ils sont cinq. Cinq enfants, grands et petits, à hurler comme des loups et à rire comme des fous. L'orage s'est dissipé.

Déjà, une timide aurore pointe à l'horizon et rosit légèrement le ciel. Federico en tête, ils sortent tous les cinq des vieux murs noircis. À quelques pas, attaché à un arbre, Fierro est toujours là, comme s'il attendait quelque chose.

— Tu veux le ramener? demande Martin à Daniel.

Daniel s'approche du cheval, lui caresse le dos, les reins, la tête.

— Tu veux le monter?

— Une autre fois. Vas-y, toi, dit Daniel.

Martin s'approche du cheval et lui enlève la selle, qu'il dépose par terre. Il sourit à Daniel.

– Je préfère rentrer avec vous.

Daniel donne une tape affectueuse sur la croupe de Fierro, qui s'éloigne au trot vers la plaine. Les garçons courent rejoindre les trois autres. Federico marche, tenant Laura d'une main et Felipe de l'autre. Leurs pas sont lents, calmes, paisibles. Pour la première fois depuis longtemps, le soleil du matin éclaire cinq visages heureux.

FIN

Dans la même collection

Viviane Julien
Le Jeune Magicien
C'est pas parce qu'on est petit qu'on
peut pas être grand
La Grenouille et la Baleine
Louise Lévesque
Menace sur Bouquinville
Pierre Mœssinger
Trois Allers, Deux Retours
Jacques Pasquet
Mystère et boule de gomme
Méli-Mélo
Pierre Pigeon
L'Ordinateur égaré
Le Grand Ténébreux
Raymond Plante
La Machine à beauté
Le Record de Philibert Dupont
Minibus
Bernadette Renaud
Bach et Bottine
Mordecai Richler
Jacob Deux-Deux et le dinosaure
Ken Roberts
Les Idées folles
Michael Rubbo
Opération beurre de pinottes
Bernard Tanguay
La Petite Menteuse et le Ciel
Le 25e Fils

206